UMA ODISSEIA MARCIANA
E OUTROS CONTOS

UMA ODISSEIA MARCIANA
E OUTROS CONTOS

STANLEY G. WEINBAUM

geektopia

São Paulo, 2023

Uma odisseia marciana e outros contos
Copyright © by Stanley G. Weinbaum
Copyright © 2023 by Novo Século Editora Ltda.

EDITOR: Luiz Vasconcelos
GERENTE EDITORIAL: Letícia Teófilo
PRODUÇÃO EDITORIAL: Gabrielly Saraiva
ESTAGIÁRIA EDITORIAL: Marianna Cortez
PREPARAÇÃO: Elisabete Franczak Branco
REVISÃO: Bruna Xavier Martins
ILUSTRAÇÕES DE CAPA: Marina Prochazka
DIAGRAMAÇÃO, PROJETO GRÁFICO E COMPOSIÇÃO DE CAPA: Ian Laurindo

Texto de acordo com as normas do Novo Acordo Ortográfico da Língua Portuguesa (1990), em vigor desde 1º de janeiro de 2009.

Dados Internacionais de Catalogação na Publicação (CIP)
Angélica Ilacqua CRB-8/7057

Weinbaum, Stanley G.
  Uma odisseia marciana e outros contos / Stanley G. Weinbaum; tradução de Ana Paula Rezende; ilustrações de Marina Procházka. -- Barueri, SP: Novo Século Editora, 2023.
  192 p.: il.

ISBN 978-65-5561-576-0

1. Ficção norte-americana 2. Ficção científica 3. Contos norte-americanos I. Título II. Rezende, Ana Paula III. Procházka, Marina

23-1807   CDD 813

Índices para catálogo sistemático:
1. Ficção norte-americana 2. Ficção científica 3. Contos norte-americanos

‹ns
uma marca do
Grupo Novo Século

GRUPO NOVO SÉCULO
Alameda Araguaia, 2190 – Bloco A – 11º andar – Conjunto 1111
CEP 06455-000 – Alphaville Industrial, Barueri – SP – Brasil
Tel.: (11) 3699-7107 | E-mail: atendimento@gruponovoseculo.com.br
www.gruponovoseculo.com.br

Sumário

UMA ODISSEIA MARCIANA 7
VALE DOS SONHOS 43
FUGA EM TITÃ 77
PLANETA PARASITA 109
OS DEVORADORES DE LÓTUS 151

UMA ODISSEIA MARCIANA

Jarvis esticou-se o mais que pôde no espaço apertado do compartimento da *Ares*.

– Ar que se pode respirar! – exultou. – Parece ter a consistência de uma sopa depois daquela coisa rarefeita lá de fora! – Acenou com a cabeça para a paisagem marciana que aparecia plana e desolada sob a luz da lua mais próxima, para além do vidro da escotilha.

Os outros três olharam para ele com simpatia. Putz, o engenheiro; Leroy, o biólogo; e Harrison, o astrônomo e capitão da expedição. Dick Jarvis era o químico da famosa tripulação, a expedição *Ares*, os primeiros seres humanos a colocarem o pé no misterioso planeta vizinho da Terra, Marte. Isso, claro, nos velhos tempos, menos de vinte anos depois que Doheny, o americano maluco, aperfeiçoou a explosão atômica que lhe custou a vida, e apenas uma década depois do igualmente maluco Cardoza ter voado até a lua. Eram verdadeiros pioneiros esses quatro tripulantes da *Ares*. Exceto por meia dúzia de expedições lunares e o voo desastroso no qual Lancey se aventurou visando à orbe sedutora de Vênus, eles eram os primeiros homens a sentir uma gravidade diferente daquela da Terra, e certamente a primeira tripulação bem-sucedida a deixar o sistema Terra-Lua. E mereciam aquele sucesso ao se considerar as dificuldades e desconfortos: os meses passados em câmaras de aclimatização ainda na Terra, aprendendo a respirar o ar tão tênue quanto aquele de Marte; o desafio do vazio no minúsculo foguete movido pelos motores a reação do século XXI que não funcionavam muito bem; e, sobretudo, o fato de estarem diante de um mundo completamente desconhecido.

Stanley G. Weinbaum

Jarvis se esticou e colocou o dedo na ponta do nariz que estava descascando por causa do frio. Suspirou novamente, satisfeito.

— Bom — soltou Harrison, de maneira abrupta —, você não vai nos contar o que aconteceu? Você saiu todo valentão em um foguete auxiliar e ficamos dez dias sem ter notícias suas, e por fim o Putz aqui tira você de um formigueiro lunático junto com um avestruz bizarro que você diz ser seu amigo! Abra o jogo, cara!

— Jogo? — questionou Leroy, perplexo. — Que jogo?

— Ele disse "*spiel*" — explicou Putz, com calma. — A expressão significa "contar".

Jarvis encontrou o olhar divertido de Harrison sem esboçar nenhum sorriso.

— Isso mesmo, Karl — disse ele concordando com Putz em tom grave. — *Ich Spiel es!* — resmungou, e começou a falar.

— De acordo com as ordens que recebi — disse ele —, observei o Karl aqui decolar em direção ao norte, e então entrei no meu suadouro voador e me dirigi ao sul. Você vai se lembrar, Capitão, recebemos ordens para não aterrissar, apenas reconhecer locais de interesse. Arrumei as duas câmeras para tirar fotos e saí zumbindo, voando bem alto, a cerca de seiscentos metros, por dois motivos. Primeiro, para fornecer um campo maior de visão para as câmeras, e segundo, porque os jatos voam tão rápido nesse vácuo parcial que chamam de ar, que levantam poeira se voarmos baixo.

— O Putz já nos falou tudo isso — resmungou Harrison. — Mas, eu gostaria que você tivesse economizado nos filmes. Eles teriam pagado os custos desta viagem; lembra como o público ficou louco quando saíram as primeiras fotos da Lua?

— Os filmes estão em segurança — respondeu Jarvis. — Bom — ele voltou a falar —, como eu estava dizendo, saí zumbindo em um ritmo muito bom. Assim como imaginamos, as asas não têm muita sustentação no ar a menos de cento e sessenta quilômetros por hora, e mesmo nessa velocidade precisei usar os jatos.

"Então, com a velocidade, a altitude e o borrão causado pelos jatos, a visão não era nem um pouco boa, mas consegui enxergar o suficiente para ver que eu estava voando sobre algo que era simplesmente mais desta planície cinzenta que passamos a semana toda examinando desde que pousamos aqui. O mesmo relevo borrado e o mesmo tapete infinito de pequenas plantas-animais rastejantes, ou bonecos articulados, como Leroy os chama. Assim, continuei voando, informando sobre minha posição a cada hora, como fui instruído a fazer, e sem saber se vocês me escutavam."

– Eu escutava! – respondeu Harrison.

– A duzentos e quarenta quilômetros ao sul – continuou Jarvis, imperturbável –, a superfície mudou para uma espécie de planalto baixo, não havia nada além de deserto e areia alaranjada. Descobri, então, que estávamos certos em nosso palpite, e esta planície cinzenta na qual aterrissamos era mesmo o *Mare Cimmerium*, o que fazia do meu deserto alaranjado a região chamada *Xanthus*. Se eu estivesse certo, deveria chegar a uma outra planície cinzenta, a *Mare Chronium*, uns trezentos quilômetros para a frente, e logo depois em outro deserto laranja, o *Thyle I* ou *II*. E foi isso o que aconteceu.

– Putz conferiu nossa posição uma semana e meia atrás! – resmungou o capitão. – Vamos logo ao assunto.

– Estou chegando lá! – observou Jarvis. – Depois de andar um pouco mais de trinta quilômetros sobre o *Thyle*, acreditem ou não, atravessei um canal!

– Putz fotografou cem canais! Conte alguma novidade!

– E ele também viu uma cidade?

– Umas vinte, se você quiser chamar aqueles montes de lama de cidades!

– Bem – observou Jarvis –, daqui em diante vou contar a vocês algumas coisas que Putz não viu!

Ele esfregou o nariz que formigava e continuou:

– Eu sabia que tinha dezesseis horas de luz do dia nesta época, então, oito horas depois, a cerca de mil e trezentos quilômetros daqui, decidi voltar. Eu ainda sobrevoava o *Thyle*, não voei mais do que quarenta quilômetros sobre ele, agora se era o I ou o II eu não sei. E exatamente ali, o motor de estimação de Putz morreu!

– Morreu? Como? – perguntou Putz preocupado.

– A explosão atômica enfraqueceu. Comecei a perder altitude imediatamente e, de repente, lá estava eu caindo com um baque no meio do *Thyle!* Também esmaguei meu nariz na janela!

Ele esfregou o machucado com tristeza.

– Você tentou limpar *o* câmara de combustão com *a* ácido sulfúrico? – perguntou Putz. – Às vezes *a* chumbo provoca *um* radiação secundária...

– Não! – disse Jarvis, com desgosto. – Eu não faria isso, claro... Não mais do que dez vezes! Além disso, a queda achatou o trem de pouso e arrebentou os jatos. Suponhamos que eu conseguisse fazer o negócio funcionar, e então, o que eu faria depois? Uns quinze quilômetros com a traseira explodindo e eu teria derretido o solo abaixo de mim!

Ele esfregou o nariz de novo.

– Para a minha sorte, aqui meio quilo pesa só duzentos gramas, ou eu teria sido esmagado!

– Eu poderia ter consertado! – proferiu o engenheiro. – Aposto que não era nada *séria*.

– Provavelmente não – concordou Jarvis, de maneira sarcástica. – Ele só não voava. Nada sério, mas eu podia escolher ficar esperando até ser resgatado ou tentar caminhar de volta pra cá; mil e trezentos quilômetros, e talvez conseguisse chegar uns vinte dias antes de nossa partida. Sessenta e cinco quilômetros por dia! Bom – concluiu ele –, decidi caminhar. Eu continuaria tendo a chance de ser resgatado e me manteria ocupado.

– Nós teríamos encontrado você – disse Harrison.

– Sem dúvida. De qualquer maneira, improvisei uma correia com algumas tiras do assento, coloquei o tanque de água em minhas costas, peguei uma cartucheira e um revólver, algumas rações ricas em ferro e comecei a caminhar.

– Tanque de água! – exclamou Leroy, o pequeno biólogo. – Ele pesa duzentos e cinquenta quilos.

– Não estava cheio. Tinha cerca de cento e quinze quilos no peso terrestre, o que equivale a quarenta quilos aqui. Além disso, meu peso, que é de aproximadamente noventa e cinco quilos na terra, equivale a apenas trinta e dois quilos em Marte, por isso, com o tanque e tudo, eu pesava cerca de setenta quilos, ou vinte e cinco quilos a menos do que o meu peso diário na Terra. Percebi isso durante minha caminhada de sessenta e cinco quilômetros diários. Ah, é claro que eu também peguei um saco de dormir térmico para as noites marcianas geladas.

"E assim eu parti, caminhando bem rápido. Oito horas de luz do dia significavam trinta e dois quilômetros ou mais. Era cansativo, claro, caminhar com dificuldade sobre um deserto de areia fofa sem nada para ver, nem mesmo os bonecos articulados rastejantes do Leroy. Mas depois de caminhar uma hora mais ou menos, cheguei ao canal, que era apenas uma vala seca de aproximadamente cento e vinte metros de largura, e reto como uma ferrovia no mapa da empresa.

"Mas já deve ter existido água lá em alguma época. A vala estava coberta com o que parecia ser um belo gramado verde. Só que, quando eu me aproximava, o gramado se afastava de mim!"

– Sério? – perguntou Leroy.

– Sério, era um parente dos seus bonecos articulados. Peguei um. Parecia uma graminha mais ou menos do tamanho do meu dedo, tinha duas pernas magras, que pareciam caules.

– E onde ele está? – Leroy estava interessado.

– Deixei-o ir embora! Eu precisava me mexer, então abri caminho pela grama que se movia à minha frente e se fechava depois que eu passava. E lá estava eu no deserto alaranjado do *Thyle* novamente.

"Andei constantemente, com dificuldade, amaldiçoando a areia que tornava a minha caminhada tão cansativa e, incidentalmente, amaldiçoando aquele seu motor que não funcionava direito, Karl. Só cheguei à beirada do *Thyle* um pouco antes do crepúsculo, então olhei para baixo e vi o cinzento *Mare Chronium*. Eu sabia que havia cento e vinte quilômetros daquilo para eu atravessar, e alguns trezentos quilômetros do deserto *Xanthus*, e ainda muito mais do *Mare Cimmerium*. Eu estava feliz? Comecei a amaldiçoar vocês, camaradas, por não terem ido me resgatar!"

– Estávamos tentando fazer isso, seu imbecil! – disse Harrison.

– Isso não ajudou. Bom, entendi que eu também poderia aproveitar o que restava da luz do dia para descer o penhasco que cercava o *Thyle*. Encontrei um lugar tranquilo e desci por ali. *Mare Chronium* era um lugar bem parecido com este aqui, com plantas malucas sem folhas e um bando de rastejadores; dei uma olhada nele e abri o saco de dormir. Até aquele momento, entendam, eu não tinha visto nada que me preocupasse naquele mundo meio morto. Nada perigoso, é o que quero dizer.

– Você encontrou algo perigoso? – perguntou Harrison.

– Será? Você vai saber quando eu chegar nessa parte da história. Bom, eu estava prestes a me deitar quando ouvi, de repente, algo estranhíssimo.

– *Vos iss* estranhíssimo? – perguntou Putz.

– Ele disse *Je ne sais quoi* – explicou Leroy. – É o mesmo que dizer "não sei o quê".

– Isso mesmo – concordou Jarvis. – Eu não sabia o que, e por isso me esgueirei para descobrir. Era uma algazarra parecida com a de um bando de corvos comendo um bando de canários: assobios, cacarejos, grasnidos, trinados e o que mais vocês possam imaginar. Dei a volta em um amontoado de tocos e lá estava Tweel!

– Tweel? – exclamou Harrison.

– Tveel? – perguntaram Leroy e Putz.

– Aquele avestruz esquisito – explicou o narrador. – Pelo menos, *Tweel* é o mais próximo que consigo pronunciar sem cuspir. Ele se chamava algo parecido com *Trrrweerrlll*.

– O que ele estava fazendo? – perguntou o capitão.

– Ele estava sendo devorado! E gritava, claro, assim como qualquer um faria.

– Devorado? Pelo quê?

– Descobri isso mais tarde. Naquele momento eu só conseguia enxergar um monte de braços pretos e viscosos enrolados em volta do que parecia, como Putz descreveu para vocês, um avestruz. Eu não ia interferir, naturalmente; afinal, caso as duas criaturas fossem perigosas, eu teria que me preocupar apenas com uma delas.

"Mas a coisa parecida com um pássaro travava uma bela batalha, dando golpes violentos com um bico de 45 centímetros, entre guinchos. E, além disso, dei uma ou duas olhadas na criatura que estava na outra ponta daqueles braços! – Jarvis estremeceu. – Mas o fator decisivo foi quando percebi uma pequena mala ou pasta preta pendurada no pescoço daquele pássaro! Ele era inteligente! Isso ou domesticado, suponho. De qualquer maneira, foi o que me fez decidir. Peguei minha arma automática e disparei no que eu consegui enxergar de seu adversário.

"Houve uma agitação de tentáculos e algo que parecia uma putrefação negra jorrou, e então a coisa, com um barulho de sucção nojento, enfiou-se de corpo e braços dentro de um buraco no chão. O outro soltou uma série de ruídos, cambaleou sobre as pernas que eram da finura de tacos de golfe, e se virou de repente para me encarar. Mantive a arma a postos, e nós dois nos encaramos.

"O marciano não era bem um pássaro. Nem se parecia com um pássaro, exceto à primeira vista. Tudo bem, ele tinha um bico, e alguns apêndices cobertos de penas, mas o bico não era realmente um bico. Era algo um tanto flexível; eu conseguia enxergar a ponta se dobrando lentamente de um lado para o outro; era quase como um cruzamento entre um bico e um tronco. Ele tinha pés com quatro dedos, e coisas com quatro dedos, que poderiam ser denominadas mãos, um corpo um pouco redondo, e um pescoço comprido que terminava em uma cabeça minúscula. E aquele bico. Era uns dois centímetros e meio mais alto do que eu e... bom, Putz viu!"

O engenheiro balançou a cabeça.

– *Ja*! Eu vi!

Jarvis continuou.

– Então, ficamos nos encarando. Por fim, a criatura começou a emitir uma série de ruídos secos e chilreios e esticou as mãos vazias para mim. Considerei aquilo um gesto de amizade.

– Talvez – sugeriu Harrison – ela olhou para esse seu nariz e achou que vocês eram irmãos.

– Ora! Engraçadinho! De qualquer maneira, guardei a arma e disse "Ah, não precisa agradecer", ou algo desse tipo, então a coisa se aproximou e ficamos amigos.

"Naquela hora o Sol já estava bem baixo e eu sabia que era melhor eu fazer uma fogueira ou entrar no meu saco de dormir térmico. Decidi fazer uma fogueira. Escolhi um lugar no pé do penhasco do

Thyle, onde a rocha poderia refletir um pouco de calor nas minhas costas. Comecei a quebrar galhos dessa vegetação marciana desidratada, e meu companheiro entendeu a ideia e trouxe um monte deles. Procurei um fósforo, e o marciano mexeu em sua bolsa e me mostrou algo que parecia um carvão brilhante. Com um toque do carvão, o fogo começou a crepitar, e todos vocês sabem o trabalho que dá acender uma fogueira nesta atmosfera!

"E essa bolsa dele!" – continuou o narrador. – Era um artigo manufaturado, meus amigos. Aperta uma ponta e ela se abre; aperta no meio e ela se fecha, tão perfeitamente que não é possível ver a abertura. É melhor até do que zíperes.

"Bom, ficamos olhando para o fogo por um tempo e decidi tentar estabelecer algum tipo de comunicação com o marciano. Apontei para mim e disse 'Dick'; e ele entendeu imediatamente, pois esticou uma garra ossuda para mim e repetiu 'Tick'. Então, apontei para ele, e ele soltou aquele assobio que chamei de Tweel; não consigo imitar seu sotaque. As coisas estavam indo bem; para enfatizar os nomes, repeti 'Dick' e então, apontando para ele, 'Tweel'.

"E aí empacamos! Ele soltou uns ruídos secos que pareciam negativos, e disse algo como 'p-p-p-proot'. E isso foi só o começo. Eu sempre fui 'Tick', mas ele... parte do tempo ele era 'Tweel', parte do tempo ele era 'p-p-p-proot', e parte do tempo ele era outros dezesseis tipos de barulhos!

"Nós simplesmente não conseguíamos estabelecer uma conexão. Experimentei dizer 'rocha', 'estrela', 'árvore', 'fogo' e Deus sabe o que mais, e tentei de tudo, mas não consegui tirar uma única palavra dele! Nada era igual por dois minutos consecutivos, e se isso for uma linguagem, sou um alquimista! Por fim, desisti e passei a chamá-lo de Tweel, e aquilo pareceu servir.

"Mas Tweel se prendeu a algumas de minhas palavras. Ele se lembrou de algumas delas, o que eu acho ser uma grande conquista se você está acostumado com uma linguagem que precisa ser inventada à medida que segue com a conversa. Mas eu não conseguia entender nada do que ele falava; ou eu perdia algum ponto sutil, ou nós simplesmente não pensávamos da mesma maneira; e eu realmente achava que a segunda opção era a certa.

"Tenho outras razões para acreditar nisso. Depois de um tempo, desisti da parte da linguagem e tentei a matemática. Escrevi no chão: dois mais dois é igual a quatro, e demonstrei o cálculo com seixos. De novo, Tweel entendeu a ideia, e me informou que três mais três é igual a seis. Mais uma vez parecíamos estar chegando a algum lugar.

"Então, sabendo que Tweel tinha pelo menos uma educação básica, desenhei um círculo para representar o Sol, apontando para ele primeiro, e depois para o último brilho do Sol. Em seguida, desenhei Mercúrio, Vênus, a mãe Terra, Marte e finalmente, apontando para Marte, girei minha mão no ar em um tipo de gesto inclusivo para indicar que Marte era onde estávamos naquele momento. Eu estava pensando em como explicar para ele que minha casa era na Terra.

"Tweel entendeu direitinho o meu diagrama. Ele o tocou com o bico e, com uma grande quantidade de trinados e cacarejos, acrescentou Deimos e Fobos a Marte, e então desenhou a Lua da Terra!

"Vocês entendem o que isso significa? Isso significa que a raça de Tweel usa telescópios; significa que são civilizados!"

– Não significa nada! – respondeu Harrison. – A Lua é visível daqui como uma estrela de quinta magnitude. Eles podem ver sua rotação a olhos nus.

– A Lua, sim! – disse Jarvis. – Mas você não entendeu o que eu disse. Mercúrio não é visível! E Tweel sabia da existência de Mercúrio porque ele colocou a Lua como o terceiro planeta, e não como o segundo. Se ele não soubesse da existência de Mercúrio, colocaria a Terra em segundo lugar, e Marte em terceiro, não em quarto!

Entendeu?

– Humpf! – disse Harrison.

– De qualquer maneira – continuou Jarvis –, segui em frente com a minha aula. As coisas estavam fluindo, e parecia que eu estava conseguindo transmitir a ideia. Apontei para a Terra no meu diagrama, e, em seguida, para mim, e depois, para concluir, apontei para mim e então para a Terra verde brilhante quase no zênite.

"Tweel soltou um ruído tão animado que eu tinha certeza de que ele estava me entendendo. Ele pulou para cima e para baixo, e subitamente apontou para ele, para o céu, e depois para ele e para o céu de novo. Ele apontou para o meio de seu corpo e então para Arcturo, para sua cabeça e então para Espiga, para seus pés e então para meia dúzia de estrelas enquanto eu apenas olhava para ele, boquiaberto. De repente, ele deu um salto bem alto. Cara, que salto! Voou direto para a luz das estrelas, cerca de uns vinte metros para cima! Vi sua silhueta no céu, vi quando ele se virou e desceu em minha direção, de cabeça, e aterrissou com o bico cravado no chão como se fosse um dardo! Ali ele ficou, bem no centro do meu círculo do Sol desenhado na areia; acertado bem na mosca!"

– Maluco! – observou o capitão. – Totalmente maluco!

– Pensei a mesma coisa! Só fiquei olhando para ele boquiaberto enquanto ele tirava a cabeça da areia e se levantava. Logo percebi que ele não entendeu o que eu disse, e retomei toda a conversa sem nexo novamente, e o fim foi o mesmo, com Tweel de nariz enfiado no meio do meu desenho.

– Talvez isso seja um ritual religioso – sugeriu Harrison.

– Talvez – disse Jarvis, em dúvida. – Bom, lá estávamos nós. Conseguíamos trocar ideias até certo ponto e então, pronto! Alguma coisa em nós era diferente, não combinava; não tenho dúvida de que Tweel pensou que eu era tão estranho quanto eu achei que ele era. Nossas mentes simplesmente enxergavam o mundo de diferentes maneiras, e talvez o ponto de vista dele fosse tão verdadeiro quanto o nosso. Mas não conseguíamos ficar juntos, era isso. Ainda assim, apesar de todas as dificuldades, eu gostava de Tweel, e eu tinha uma estranha certeza de que ele gostava de mim.

– Maluco! – repetiu o capitão. – Simplesmente louco!

– Você acha? Espere para ver. Por algumas vezes pensei que talvez nós... – ele parou de falar e então retomou sua narrativa. – Enfim, finalmente desisti, e entrei em meu saco térmico para dormir. O fogo não me aquecera muito, mas o maldito saco de dormir sim. Eu me senti quente cinco minutos depois de ter entrado nele. Abri um pouco do saco e... bingo! Um pouco de ar a oitenta graus abaixo de zero atingiu meu nariz, e foi então que ganhei esta agradável pequena queimadura no nariz, para se juntar à pancada que eu levei quando o foguete se espatifou.

"Não sei o que Tweel achou do meu sono. Ficou sentado perto de mim, mas quando acordei, ele não estava mais lá. Eu me arrastei para fora do saco, e logo ouvi um gorjeio, e lá veio ele, descendo daquele penhasco de três andares do *Thyle* para pousar sobre o bico ao meu lado. Apontei para mim e para o norte, e ele apontou para ele e para o sul, mas quando eu juntei minhas coisas e comecei a caminhar, ele me acompanhou.

"Cara, como ele viajava! Avançava uns quarenta e cinco metros com um pulo, voando pelo ar esticado como uma lança, e depois pousando sobre o bico. Ele parecia surpreso com a minha lentidão, mas depois de alguns momentos se pôs ao meu lado; apenas para, dali a alguns minutos, dar outro de seus saltos, e enterrar o nariz na areia a uma boa distância à minha frente. Então ele voltava a toda velocidade até mim. Aquilo me deixava nervoso no começo, pois eu via aquele bico vindo em minha direção como se fosse uma lança, mas ele sempre acabava na areia ao meu lado.

"Assim, nós dois atravessamos o *Mare Chronium*. O mesmo tipo de lugar que este, as mesmas plantas malucas e os mesmos pequenos bonecos articulados verdes crescendo na areia, ou rastejando para fora do nosso caminho. Nós conversávamos; não que nos entendêssemos, vocês sabem, era só para ter companhia. Eu cantava, e suspeito que Tweel também fazia isso; pelo menos alguns de seus gorjeios e chilreios tinham um certo ritmo.

"Então, para variar, Tweel exibia suas noções de palavras em inglês. Ele apontava para um afloramento e dizia 'pedra', depois apontava para um seixo e dizia a mesma palavra; ou tocava meu braço e dizia 'Tick' e depois repetia a palavra. Ele parecia bastante entusiasmado em saber que a mesma palavra significava a mesma coisa em dois usos diferentes. Isso me fez pensar que talvez sua língua não fosse parecida com o discurso primitivo de algumas pessoas da Terra. Sabe, capitão, como a linguagem dos negritos[1], por exemplo, que não usam palavras genéricas. Para eles não existem as palavras gerais, como comida, água, ou homem, apenas palavras como comida boa, comida ruim, ou água da chuva e água do mar, ou homem forte e homem fraco. São primitivos demais para entender que a água da chuva e do mar são apenas aspectos diferentes da mesma coisa. Mas esse não era o caso com Tweel; era apenas o fato de que, de alguma maneira, éramos misteriosamente diferentes. Nossas mentes eram estranhas uma para a outra. E, mesmo assim, gostávamos um do outro!"

– Loucura, total! – observou Harrison. – É por isso que vocês dois gostavam tanto um do outro.

---

[1] O termo "negritos" se refere aos povos Adamaneses e outros reconhecidos atualmente como afro-asiáticos. (N.T.)

Stanley G. Weinbaum

— Ora, eu gosto de você! – respondeu Jarvis, com maldade. – De qualquer maneira – continuou –, não pense que havia algo estranho com Tweel. Na verdade, não tenho tanta certeza de que ele não era capaz de ensinar à nossa tão elogiada inteligência humana um truque ou dois. Ah, ele não era um super-homem intelectual, eu acho; mas não deixe de notar o fato de que ele conseguiu entender um pouco do meu trabalho mental, e eu não cheguei a ter nenhum vislumbre do dele.

— Porque ele não tinha nenhum! – sugeriu o capitão, enquanto Putz e Leroy piscaram atentos.

— Você pode julgar assim depois que eu terminar de contar – disse Jarvis. – Bem, continuamos caminhando com dificuldade pelo *Mare Chronium* o dia todo, e o dia seguinte inteiro também. *Mare Chronium*, o Mar do Tempo! Digamos que, ao terminar aquela caminhada, eu estava disposto a concordar com o nome que Schiaparelli usou para batizar o lugar no final. Só existia aquela planície cinzenta, infinita, sem qualquer sinal de vida. Era tão monótono que fiquei até feliz quando avistei o deserto de *Xanthus* ao cair da noite no segundo dia.

"Eu estava bem cansado, mas Tweel parecia mais disposto do que nunca, embora eu nunca o tenha visto beber ou comer. Acho que ele teria sido capaz de atravessar o *Mare Chronium* em poucas horas com aqueles seus longos mergulhos de nariz, mas caminhou ao meu lado o tempo todo. Ofereci um pouco de água para ele uma ou duas vezes; ele pegou o copo de minha mão e sugou o líquido para dentro do bico, e então, com cuidado, despejou tudo de volta no copo e o devolveu para mim, solenemente.

"Assim que enxergamos *Xanthus*, ou os penhascos que o cercavam, uma daquelas desagradáveis nuvens de poeira começou a avançar, não tão densa como aquela pela qual passamos por aqui, mas difícil de ser atravessada. Puxei a aba transparente do saco de dormir térmico para cobrir o rosto e consegui lidar muito bem com a situação. Percebi que Tweel usou um de seus apêndices emplumados que cresciam como bigode na ponta de seu bico para cobrir suas narinas, e uma penugem parecida para cobrir seus olhos."

– Ele é uma criatura do deserto! – proferiu o pequeno biólogo, Leroy.

– Ah, é? Por quê?

– Ele não bebe água; ele se adapta ao atravessar uma tempestade de areia...

– Isso não prova nada! Não há água o suficiente para ser desperdiçada em lugar algum deste lugar seco chamado Marte. Você sabe que na Terra chamaríamos isso de deserto.

Ele fez uma pausa.

– De qualquer maneira, depois que a tempestade de areia passou, um pequeno vento continuou soprando em nossos rostos, não forte o suficiente para agitar a areia. Mas, de repente, coisas começaram a descer pelos penhascos de *Xanthus*. Pequenas esferas transparentes, parecidas com bolas de tênis! Mas eram leves, quase leves o suficiente para flutuarem mesmo naquele ar rarefeito, e estavam vazias também; pelo menos abri duas delas e não saiu nada de dentro das bolas além de um cheiro ruim. Perguntei a Tweel sobre elas, mas tudo o que ele disse foi "não, não, não", o que me fez concluir que ele não sabia nada sobre elas. Assim, elas passaram pulando por nós, como se fossem ervas daninhas rolantes, ou bolhas de sabão, e nós continuamos caminhando por *Xanthus*. Tweel apontou para uma das bolas de cristal e disse "pedra", e eu estava cansado demais para argumentar com ele. Mais tarde entendi o que ele queria dizer.

"Chegamos ao pé dos penhascos de *Xanthus*, por fim, quando não havia mais nenhuma luz do dia. Decidi dormir no planalto, se possível; julguei que seria mais provável que qualquer coisa perigosa vagasse pela vegetação do *Mare Chronium* do que pela areia de *Xanthus*. Não que eu tenha visto qualquer sinal de perigo, exceto por uma coisa preta armada com uma corda que capturara Tweel, e aparentemente aquilo não saía do lugar, mas seduzia suas vítimas sem precisar ir atrás delas. A criatura não poderia me seduzir enquanto eu dormia, principalmente porque Tweel não dormia nunca, só ficava sentado pacientemente perto de mim a noite toda. Fiquei me perguntando como a criatura conseguira capturar Tweel, mas não havia como perguntar aquilo a ele. Também descobri, mais tarde, que aquilo é diabólico!

"No entanto, caminhávamos ao redor da base da barreira de *Xanthus* procurando um lugar fácil de escalar. Pelo menos, eu procurava. Tweel poderia ter saltado com facilidade, pois o penhasco era mais baixo do que o do *Thyle*; talvez uns dezoito metros. Encontrei um lugar e comecei a subir, amaldiçoando o tanque de água preso às minhas costas, que não me incomodava, só quando eu subia. De repente, ouvi um barulho que pensei reconhecer!

"Vocês sabem como os sons enganam neste ar rarefeito. O barulho de um tiro se parece com o estouro de uma rolha. Mas com certeza aquele barulho era o do zumbido de um foguete. Lá se ia nosso segundo auxiliar, cerca de dezesseis quilômetros a oeste, entre o pôr do Sol e eu!"

– *É* eu! – disse Putz. – Eu estava procurando por você.

– Sim, eu sabia disso, mas de que me serviu aquilo? Eu me segurei no penhasco gritando e acenei com uma mão. Tweel também viu, e deu um trinado e um gorjeio, saltou para o topo da barreira e então bem alto no ar. E enquanto eu observava, a máquina zumbia entrando nas sombras ao sul.

"Escalei até o topo do penhasco. Tweel ainda apontava e trinava animado, pulando na direção do céu e voltando de cabeça até aterrissar com o bico na areia. Apontei para o sul e para mim, e ele disse 'sim, sim, sim'; mas de alguma forma eu entendi que ele achava que o objeto voador era um parente meu, provavelmente um de meus pais. Talvez eu tenha feito injustiça ao seu intelecto; agora sei o que fiz.

"Fiquei bastante decepcionado por não ter conseguido atrair sua atenção. Peguei o saco de dormir térmico e me arrastei para dentro dele, pois já sentia o frio da noite. Tweel enfiou o bico na areia e juntou as pernas e os braços, e parecia um daqueles arbustos sem folhas. Acho que ele passou a noite toda assim."

– Mimetismo protetor! – exclamou Leroy. – Está vendo? Ele é uma criatura do deserto!

– Pela manhã – continuou Jarvis –, partimos novamente. Ainda não tínhamos andado nem cento e cinquenta metros dentro do *Xanthus* quando vi algo estranho! Essa coisa o Putz não fotografou, aposto!

"Havia uma fileira de pequenas pirâmides. Eram minúsculas, não deviam ter mais do que quinze centímetros de altura, estendendo-se por *Xanthus* até onde minha vista alcançava! Pequenos edifícios feitos de tijolos diminutos, eram elas, ocas por dentro e truncadas, ou pelo menos quebradas no topo e vazias. Apontei para elas e perguntei 'o quê?' para Tweel, mas ele soltou uns chilreios negativos para indicar, eu acho, que ele não sabia o que era aquilo. Então continuamos andando, acompanhando a fileira de pirâmides porque elas iam para o norte e eu também estava indo para lá.

"Cara, acompanhamos aquela fileira por horas! Depois de um tempo, percebi outra coisa estranha: elas estavam ficando maiores. Havia o mesmo número de tijolos em cada uma, mas os tijolos eram maiores.

"Ao meio-dia, elas estavam da altura do meu ombro. Olhei dentro de duas delas – todas iguais, com o topo quebrado e vazio. Examinei um tijolo ou dois também; eram de sílica, e tão antigos quanto a própria criação!"

– Como você sabe? – perguntou Leroy.

– Estavam desgastados, com as beiradas arredondadas. A sílica não desgasta com facilidade nem mesmo na Terra, muito menos neste clima!

– Quantos anos você acha que têm?

– Cinquenta mil, cem mil anos. Como posso saber? Os pequenos que vi pela manhã eram mais velhos; talvez dez anos mais velhos. Estavam ruindo. Que idade eles teriam? Meio milhão de anos? Quem sabe?

Jarvis parou de falar por um momento.

– Bem – retomou ele –, seguimos a fileira. Tweel apontou para ela e disse "pedra" uma ou duas vezes, mas ele já tinha feito aquilo várias vezes antes. Além disso, ele estava mais ou menos certo dessa vez.

"Tentei questioná-lo. Apontei para a pirâmide e perguntei 'pessoas?', e indiquei nós dois. Ele soltou um tipo negativo de cacarejo e disse 'não, não, não. Não um, um, dois. Não dois, dois, quatro' enquanto esfregava a barriga. Fiquei só olhando para ele e ele repetiu. 'Não um, um, dois. Não dois, dois, quatro.' Só olhei para ele, pasmo."

– Aí está a prova! – exclamou Harrison. – Maluco!

– Você acha mesmo? – perguntou Jarvis, sarcasticamente. – Bom, eu pensei algo diferente! "Não um, um, dois!" É claro que você não entendeu, não é?

– Não, nem você.

– Eu acho que entendi, sim! Tweel estava usando as poucas palavras em inglês que conhecia para expor uma ideia bastante complexa. Ora, deixe-me perguntar, o que a matemática faz vocês pensarem?

– Ora, em astronomia. Ou lógica!

– É isso! "Não um, dois!" Tweel estava me dizendo que as construções das pirâmides não foram feitas por pessoas, ou que eles não eram inteligentes, que não eram criaturas racionais! Entenderam?

– Ah, você só pode estar brincando.

– Não estou, não.

– Por que ele esfregou a barriga? – perguntou Leroy.

– Por quê? Porque, meu querido biólogo, é ali que fica o cérebro dele! Não em sua minúscula cabeça, mas no meio de seu corpo!

– *C'est* impossível!

– Não em Marte! A flora e fauna aqui não são terrestres; seus bonecos articulados são prova disso! – Jarvis sorriu e seguiu com a narrativa. – De qualquer maneira, caminhamos por *Xanthus*, e mais ou menos no meio da tarde, mais uma coisa estranha aconteceu. As pirâmides acabaram.

– Acabaram!

– Sim; a parte estranha foi que a última, e agora elas tinham três metros, estava fechada! Entende? O que quer que estivesse construindo aquilo ainda estava lá dentro; nós os rastreamos desde sua origem, há meio milhão de anos, até hoje.

"Tweel e eu percebemos isso quase ao mesmo tempo. Peguei minha arma automática (eu tinha um pente de balas explosivas Boland nela) e Tweel, rápido como num passe de mágica, pegou um pequeno revólver de vidro estranho de dentro de sua bolsa. Era bastante parecido com nossas armas, mas o punho era maior, para acomodar sua mão de quatro garras. Seguramos nossas armas a postos enquanto nos movíamos ao longo das pirâmides vazias.

"Tweel viu o movimento primeiro. Os topos das fileiras de tijolos estavam balançando, tremendo e, de repente, caíram para os lados das pirâmides. E então, algo... algo estava saindo de lá!

"Um braço comprido e prateado apareceu, e se arrastando atrás dele vinha um corpo blindado. Com blindado quero dizer escamas, prateadas e foscas. O braço puxou o corpo para fora do buraco; a besta caiu na areia.

"Era uma criatura estranha. O corpo parecia uma grande casca cinza, com um braço e um tipo de buraco-boca em uma das pontas; tinha uma cauda rígida na outra extremidade, e isso era tudo. Não havia outros membros, nada de olhos, ouvidos, nariz, nada! A coisa se arrastava por alguns metros, enfiava a cauda pontuda na areia, se endireitava e então se sentava.

"Tweel e eu observamos aquilo por dez minutos antes que ela se movesse. Então, com um rangido e farfalhar como... ah, como quando se amassa uma folha de papel, seu braço se moveu até a boca-buraco e de lá saiu um tijolo! O braço colocava o tijolo no chão, e a coisa ficava parada de novo.

"Mais dez minutos, outro tijolo. Apenas um dos pedreiros da natureza. Eu estava prestes a sair dali e continuar meu caminho quando Tweel apontou para a coisa e disse 'pedra'! Eu falei '*ãh?*', e ele disse aquilo de novo. Então, acompanhado por alguns de seus gorjeios, ele disse, 'não, não...' e respirou duas ou três vezes de sua maneira, assobiando.

"Bom, entendi o que ele dizia, para a minha surpresa! Eu disse, 'sem respirar?' e demonstrei a palavra. Tweel ficou em êxtase; ele disse 'sim, sim, sim! Não, não, não *respia!*'. Então ele deu um salto e tirou os pés do chão para voltar e aterrissar com o nariz a aproximadamente um passo do monstro!

"Fiquei assustado, vocês podem imaginar! O braço estava indo buscar um tijolo e eu esperava ver Tweel ser pego e retalhado, mas nada aconteceu! Tweel bateu na criatura, e o braço pegou um tijolo e colocou-o com cuidado ao lado do primeiro. Tweel bateu em seu corpo novamente e disse 'pedra', e eu juntei coragem o suficiente para olhar com meus próprios olhos.

"Tweel estava certo de novo. A criatura era uma pedra, e não respirava!"

– Como você sabe? – soltou Leroy, com seus olhos pretos brilhando de interesse.

– Porque sou químico. A besta era feita de sílica! Devia haver silício puro na areia, e ela vivia daquilo. Entendem? Nós, e Tweel, e aquelas plantas lá fora, e até mesmo os bonecos articulados, somos vidas de carbono; esta coisa vivia por um grupo diferente de reações químicas. Era vida de silício!

– *La vie silicieuse!* – exclamou Leroy. – Eu suspeitava, e agora aí está a prova! Preciso ver isso! *Il faut que je...*

– Tudo bem! Tudo bem! – disse Jarvis. – Você pode ir ver. De qualquer maneira, lá estava a coisa, viva e ainda assim sem vida, se movendo a cada dez minutos, e quando se movia era apenas para pegar um tijolo. Aqueles tijolos eram seus resíduos. Está vendo, francês? Somos carbono, e nosso resíduo é dióxido de carbono, e essa coisa é silício e seu resíduo é dióxido de silício, sílica. Mas a sílica é um sólido, por isso os tijolos. E ele se constrói lá dentro, e quando é coberto, ele se muda para um lugar novo para recomeçar. Não é de surpreender ele ter se quebrado! Uma criatura viva com meio milhão de anos!

– Como você sabe a idade? – Leroy estava agitado.

– Nós seguimos as pirâmides desde o começo, não foi? Se este não fosse o construtor original das pirâmides, a série teria terminado em algum lugar antes de o encontrarmos, não é? Ela teria terminado e começado novamente com as pequenas. Isso é simples, não?

"Mas ele se reproduz, ou tenta se reproduzir. Antes de o terceiro tijolo sair, houve um pequeno farfalhar e de lá saiu uma corrente inteira de bolas de cristal. Elas são seus esporos, ou ovos, ou sementes, chame como quiser. Elas saíram pulando por *Xanthus* assim como passaram pulando por nós lá no *Mare Chronium*. Também tenho um palpite sobre como elas funcionam – isso é para sua informação, Leroy. Acho que a concha de cristal da sílica não é nada mais do que uma capa protetora, como uma casca de ovo, e que o princípio ativo é o odor interno. É algum tipo de gás que ataca o silício, e se a casca for quebrada perto de um suprimento daquele elemento, alguma reação acontece e se transforma em uma besta como aquela."

– Você deveria experimentar! – exclamou o pequeno francês. – Precisamos quebrar uma para ver!

– É? Bem, eu fiz isso. Quebrei algumas cascas na areia. Você gostaria de voltar há cerca de dez mil anos para ver se eu plantei algum monstro das pirâmides? É bem provável que você seria capaz de dizer isso a essa altura!

Jarvis parou e respirou fundo.

– Deus! Aquela criatura estranha! Vocês conseguem imaginá-la? Cega, surda, sem nervos, sem cérebro; apenas um mecanismo, e ainda assim, imortal! Obrigada a seguir fabricando tijolos, construindo pirâmides, enquanto silício e oxigênio existirem, e mesmo depois disso vai simplesmente parar. Não vai morrer. Se os acidentes de um milhão de anos fornecerem seu alimento novamente, lá estará ela, pronta para funcionar de novo, enquanto cérebros e civilizações serão parte do passado. Uma besta estranha; contudo, eu encontrei uma ainda mais estranha!

– Se encontrou, só pode ter sido em seus sonhos! – rosnou Harrison.

– Você está certo! – disse Jarvis, com seriedade. – De certa maneira, você está certo. A besta dos sonhos! Este é o nome dela, e é a criação mais diabólica e terrível que alguém poderia imaginar! Mais perigosa do que um leão, mais traiçoeira do que uma cobra!

– Me conte! – implorou Leroy. – Preciso vê-la!

– Não *esse* demônio!

Ele parou de falar de novo.

– Bom – continuou ele –, Tweel e eu deixamos a criatura das pirâmides e continuamos caminhando por *Xanthus*. Eu estava cansado e um pouco desanimado com o fracasso de Putz em me resgatar, e o trinado de Tweel estava me deixando sem paciência, assim como seus mergulhos de nariz. Então, continuei caminhando sem dizer nenhuma palavra, hora após hora através do monótono deserto.

"No meio da tarde nós enxergamos uma pequena linha escura no horizonte. Eu sabia o que era. Era um canal; eu o havia atravessado na nave e significava que havíamos percorrido apenas um terço de *Xanthus*. Pensamento agradável, não é? E, ainda assim, eu estava dentro do cronograma.

"Nós nos aproximamos do canal lentamente; eu me lembrei que este era margeado por uma ampla orla de vegetação e que aquela cidade enlameada ficava ali.

"Estava cansado, como já disse. Ficava pensando em um bom prato de comida quente, e disso eu pulava para minhas reflexões sobre como seria bom e eu me sentiria em casa até mesmo em Bornéu depois deste planeta maluco, e daí mudava para pensamentos sobre a pequena velha Nova Iorque, e então me lembrava de uma garota que conheci por lá, Fancy Long. Vocês a conhecem?"

– Apresentadora de televisão – disse Harrison. – Já a vi. Loira bonita, dança e canta no horário do café da tarde.

– Ela mesma – disse Jarvis. – Eu a conheço muito bem. Somos apenas amigos, me entendem? Embora ela tenha ido nos ver partir na *Ares*. Bom, eu estava pensando nela, me sentindo bastante sozinho, e durante todo esse tempo nós nos aproximávamos de uma fileira de plantas de borracha.

"E então, eu disse: 'mas que diabos!' e fiquei olhando. E lá estava ela, Fancy Long, ali, clara como a luz do dia embaixo de uma daquelas árvores malucas, sorrindo e acenando exatamente da maneira como eu me lembrava dela quando partimos!"

– Agora você também está maluco! – observou o capitão.

– Cara, eu quase concordei com você! Fiquei olhando e me beliscquei, fechei os olhos, olhei de novo, e sempre que eu olhava, lá estava Fancy Long, sorrindo e acenando! Tweel também viu alguma coisa; ele trinava e cacarejava, mas eu mal o ouvia. Eu estava indo na direção dela sobre a areia, fascinado demais até para me questionar.

"Eu estava a uns 6 metros dela quando Tweel me pegou com um de seus saltos voadores. Agarrou meu braço, gritando 'não, não, não!', com sua voz estridente. Tentei me livrar dele – ele era tão leve que parecia ser feito de bambu –, mas ele cravou as garras em mim e gritou. E, finalmente, algum tipo de sanidade voltou ao meu corpo e eu parei a menos de três metros dela. E ali estava ela, parecendo tão real quanto a cabeça de Putz!"

– O quê? – perguntou o engenheiro.

– Ela sorriu e acenou, e sorriu e acenou, e eu fiquei lá, tão atordoado quanto Leroy, enquanto Tweel gritava e guinchava. Eu sabia que aquilo não podia ser real. Mas, mesmo assim, ali estava ela!

"Por fim, eu disse: 'Fancy! Fancy Long!'. E ela continuou sorrindo e acenando, mas parecendo tão real que era como se eu não a tivesse deixado a sessenta milhões de quilômetros de distância.

"Tweel estava com sua pistola de vidro apontada para ela. Segurei seu braço, mas ele tentou se livrar de mim. Apontou a arma para ela e disse 'não *respia*! Não *respia*!', e eu entendi que ele queria dizer que aquela criatura que parecia Fancy Long não estava viva. Cara, minha cabeça estava rodando.

"Ainda assim, vê-lo apontando a arma para ela me deixava nervoso. Não sei por que eu estava ali olhando enquanto ele mirava nela com cuidado, mas fiquei ali. Então ele apertou o cabo da arma; um pequeno vapor saiu dela e Fancy Long desapareceu! No lugar dela havia uma daquelas coisas negras horrorosas, armada com cordas, se agitando, parecida com aquela da qual salvei o Tweel!

"A besta dos sonhos! Fiquei ali, tonto, observando a coisa morrer enquanto Tweel trinava e assobiava. Por fim, ele tocou meu braço, apontou para a coisa que se contorcia e disse 'você um, um, dois, ele um, um, dois'. Depois que ele repetiu isso umas oito ou dez vezes eu entendi. Algum de vocês entende?"

– *Oui!* – exclamou Leroy. – *Moi...* eu o *comprends!* Ele disse que se você pensa em alguma coisa, a besta sabe no que você pensa e você enxerga a coisa! *Un chien*, um cão faminto, ele veria um grande osso com carne. Ou sentiria o cheiro do osso, não?

– Correto! – disse Jarvis. – A besta dos sonhos usa os sonhos e desejos de sua vítima para capturar sua presa. O pássaro, na época de nidificação, veria seu parceiro; a raposa, à procura de sua própria presa, veria um coelho indefeso!

– Como ele *fazer* isso? – perguntou Leroy.

– Como eu vou saber? Como a cobra na Terra encanta um pássaro para ele entrar em suas mandíbulas? E não existem peixes no fundo do mar que atraem suas vítimas para dentro de suas bocas? Deus! – Jarvis estremeceu. – Vocês conseguem imaginar o quão traiçoeiro esse monstro é? Estamos avisados, mas, de agora em diante, não podemos confiar nem mesmo em nossos olhos. Pode ser que vocês me vejam, eu posso ver um de vocês, e por trás disso pode não haver nada além de outra daquelas coisas pretas horrorosas!

– E como o seu amigo sabia disso? – perguntou abruptamente o capitão.

– Tweel? Fico me perguntando isso! Talvez ele estivesse pensando em algo que não poderia ter me interessado, e quando comecei a correr ele percebeu que eu vi algo diferente e foi alertado. Ou talvez a besta dos sonhos só consiga projetar uma única visão, e Tweel viu o que eu via, ou não viu nada. Não tinha como perguntar a ele. Mas isso é apenas outra prova de que sua inteligência é igual à nossa ou até melhor.

– Ele é maluco, ouça o que eu digo! – disse Harrison. – O que faz você pensar que o intelecto dele é semelhante ao do ser humano?

– Muitas coisas! Primeiro, a besta da pirâmide. Ele não a tinha visto ainda; e disse isso. Ainda assim, ele a reconheceu como um autômato morto-vivo de silício.

– Ele já podia ter ouvido falar sobre isso – argumentou Harrison. – Ele vive por aqui, sabia?

– Bom, e quanto à linguagem? Eu não consegui entender uma única ideia dele, e ele aprendeu seis ou sete palavras que lhe ensinei. E você percebe as ideias complexas que ele consegue expor usando apenas aquelas seis ou sete palavras? O monstro da pirâmide, a besta dos sonhos! Em uma única frase ele me disse que um era um autômato inofensivo e o outro, um hipnotizador mortal. E isso?

– Hum! – disse o capitão.

– Pode falar "hum" se quiser! Você teria conseguido fazer isso conhecendo apenas seis palavras em inglês? Você conseguiria ir até além, como Tweel fez, e me dizer que uma outra criatura tinha um tipo de inteligência tão diferente da nossa que seu entendimento era impossível, ainda mais impossível do que era o entendimento entre Tweel e eu?

– É? Como assim?

– Conto mais tarde. A questão que quero mostrar é que Tweel e sua raça são dignos de nossa amizade. Em algum lugar em Marte, e você vai descobrir que estou certo, existe uma civilização e uma cultura iguais à nossa, e talvez mais do que iguais. E a comunicação entre nós é possível; Tweel é a prova disso. Pode levar anos de tentativas perseverantes, pois suas mentes são estranhas, mas menos estranhas do que as próximas mentes que encontramos, se é que são mentes.

– Próximas? Que próximas?

– O povo das cidades lamacentas ao longo dos canais – Jarvis franziu a testa, e então voltou à narrativa. – Achei que a besta do sonho e o monstro de silício eram os seres mais estranhos que se poderia imaginar, mas estava errado. Tais criaturas são ainda mais estranhas, menos compreensíveis do que qualquer uma das duas e muito menos compreensíveis do que Tweel, com quem é possível se estabelecer uma amizade, e até mesmo, através de paciência e concentração, trocar ideias.

"Bem – continuou ele – deixamos a besta do sonho morrendo, se arrastando de volta para o buraco, e seguimos em direção ao canal. Havia um tapete daquela grama estranha que saía de nosso caminho, e quando chegamos à margem, havia um fio amarelo de água fluindo. Do foguete eu havia reparado que a cidade amontoada ficava a aproximadamente um quilômetro e meio à direita, e estava bastante curioso para dar uma olhada nela.

"Ela parecia deserta quando a vi pela primeira vez, e se qualquer criatura estivesse escondida ali... Bom, Tweel e eu estávamos armados. E, por falar nisso, a arma de cristal de Tweel era um objeto interessante; dei uma olhada nela depois do episódio com a besta dos sonhos. Ela disparava um pequeno estilhaço de vidro, envenenado, suponho, e acho que tinha pelo menos uma centena deles em uma carga. O propelente era vapor, apenas vapor!"

– *Vapô*! – repetiu Putz. – De onde vem o *vapô*?

– Da água, claro! É possível enxergar a água através do cabo transparente e cerca de 140 mililitros de um outro líquido, grosso e amarelado. Quando Tweel apertou o cabo, não havia um gatilho, uma gota de água e uma gota do líquido amarelo esguicharam na câmara de disparo e a água se transformou em vapor. Pronto, simples assim. Não é tão difícil; acho que poderíamos desenvolver o mesmo princípio. O ácido sulfúrico concentrado vai esquentar a água até quase ferver, assim como a cal viva, e tem o potássio e o sódio...

"Claro, a arma dele não tinha o mesmo alcance da minha, mas isso não era tão ruim neste ar rarefeito, e ela podia atirar tantas vezes quanto a arma de uma vaqueira em um filme de faroeste. Era eficiente também, pelo menos contra a vida de marcianos; eu experimentei, mirando uma das plantas malucas, e vocês acreditam que a planta murchou e caiu? É por isso que acho que os estilhaços de vidro estavam envenenados.

"De qualquer maneira, caminhamos em direção à cidade enlameada e amontoada e comecei a me perguntar se os construtores da cidade cavaram os canais. Apontei para a cidade e então para o canal, e Tweel disse 'não, não, não!' e fez um gesto para o sul. Supus que ele queria dizer que alguma outra raça criara o sistema de canais, talvez o povo de Tweel. Não sei; talvez ainda exista uma outra raça inteligente no planeta, ou uma dúzia de outras raças. Marte é um mundinho estranho.

"A uns noventa metros da cidade atravessamos um tipo de estrada, apenas uma trilha de lama compacta, e então, de repente, por ali veio um dos construtores da cidade amontoada!

"Cara, imagine seres fantásticos! Parecia mais um barril trotando em quatro pernas, com quatro braços ou tentáculos. Não tinha cabeça, apenas corpo, membros e uma fileira de olhos em todo o seu redor. A parte superior da extremidade do corpo do barril era um diafragma tão esticado quanto a pele de um tambor, e isso era tudo. Ele empurrava um carrinho de cobre e passou por nós como alguém que foge da cruz. Nem notou nossa presença, embora eu tenha achado que os olhos que estavam para o meu lado se moveram um pouco quando a coisa passou.

"Um momento depois veio outro também, puxando outro carrinho vazio. E o mesmo aconteceu, apenas passou por nós. Ora, eu não ia ser ignorado por um bando de barris brincando de trenzinho, por isso, quando o terceiro se aproximou, parei na frente dele, pronto para pular, claro, se a coisa não parasse.

"Mas parou. Ela parou e começou a soltar um tipo de batida que vinha do diafragma para a parte superior. E eu levantei as duas mãos e disse 'somos amigos!'. E o que vocês acham que a coisa fez?"

– Disse 'prazer em conhecê-los', aposto! – sugeriu Harrison.

– Eu não teria ficado mais surpreso se ela tivesse dito isso! Ela continuou com a batida que vinha do diafragma e, então, de repente, soltou: 'somos a-a-a-mi-gos!' e empurrou o carrinho de maneira violenta em minha direção! Pulei para o lado e a coisa foi embora enquanto eu olhava impressionado para ela.

"Um minuto depois apareceu outra, apressada. Esta não parou, simplesmente soltou a batida 'somos a-a-a-mi-gos!' e passou correndo. Como ela aprendeu a frase? Estariam todas as criaturas em algum tipo de comunicação umas com as outras? Seriam elas partes do mesmo organismo central? Eu não sei, embora ache que Tweel saiba.

"De qualquer maneira, as criaturas passavam correndo por nós, todas nos cumprimentando com a mesma expressão. Chegou a ser engraçado; nunca imaginei encontrar tantos amigos nessa esfera esquecida por Deus! Finalmente fiz um gesto intrigado para Tweel; acho que ele me entendeu pois disse 'um, um, dois – sim! Dois, dois, quatro – não!'. Entendem?"

– Claro – disse Harrison. – É uma cantiga de rodas marciana.

– Ah, sim! Bom, eu estava começando a me acostumar com o simbolismo de Tweel, e entendi da seguinte maneira. 'Um, um, dois – sim!', as criaturas eram inteligentes. 'dois, dois, quatro – não!', a inteligência delas não era como a nossa, mas diferente e além da lógica de dois e dois são quatro. Talvez eu tenha entendido errado. Talvez ele tenha tentado dizer que as mentes delas não eram tão desenvolvidas, eram capazes de entender coisas simples, como 'um, um, dois – sim!', mas não eram capazes de entender as coisas mais complexas, como 'dois, dois, quatro – não!'. Mas, pelo que vimos mais tarde, acho que ele quis dizer a primeira coisa.

"Depois de alguns momentos, as criaturas voltaram correndo. Primeiro uma e depois outra. Seus carrinhos estavam cheios de pedras, areia, pedaços de plantas de borracha e outros entulhos do tipo. Eles tamborilavam seu cumprimento amigável, que na verdade não soava tão amigável, e passavam correndo. O terceiro presumi ser o primeiro que conheci e decidi ter outra conversa com ele. Entrei em seu caminho mais uma vez e esperei.

"Lá veio ele, entoando seu 'somos a-a-a-mi-gos', e parou. Olhei para ele, quatro ou cinco de seus olhos olharam para mim. Ele tentou o truque novamente e deu um empurrão no carrinho, mas continuei firme. E então a... a criatura barulhenta esticou um de seus braços, e dois dedos pontiagudos beliscaram meu nariz com força!"

– Ah! – rugiu Harrison. – Talvez a coisa tenha alguma noção de beleza!

– Pode rir! – resmungou Jarvis. – Eu já tinha esmagado e congelado o meu nariz. De qualquer maneira, gritei "ai!", pulei para o lado e a criatura saiu correndo. Daí em diante eles começaram a dizer "somos a-a-a-mi-gos! Ai!". Bestas estranhas!

"Tweel e eu seguimos pela estrada em linha reta até o monte mais próximo. As criaturas iam e vinham, sem prestar a menor atenção em nós, carregando seus entulhos. A estrada tinha simplesmente mergulhado em uma clareira e inclinava-se para baixo como uma velha mina, e para dentro e para fora movimentavam-se as pessoas barril, saudando-nos com aquela eterna expressão.

"Olhei lá dentro, havia uma luz em algum lugar lá embaixo, e fiquei curioso para ver o que era. Não parecia uma chama ou tocha, entendem, mas sim uma luz civilizada, e achei que podia conseguir ali alguma pista quanto ao desenvolvimento das criaturas. Então, entrei e Tweel me acompanhou, mas não sem soltar alguns trinados e gorjeios.

"A luz era curiosa; crepitava e brilhava como uma antiga lâmpada de arco voltaico, mas vinha de uma única vara preta colocada na parede do corredor. Era elétrica, sem sombra de dúvidas. Aparentemente, as criaturas eram bastante civilizadas.

"Então vi outra luz brilhando em algo cintilante e fui até lá olhar, mas era apenas um monte de areia brilhante. Eu me virei para a entrada para ir embora, e que um raio caia em minha cabeça se eu estiver mentindo, mas a passagem tinha desaparecido!

"Acho que o corredor tinha uma curva, ou eu entrei por uma passagem lateral. De qualquer maneira, caminhei de volta na direção por onde achei que tinha vindo e tudo o que vi foi mais um corredor pouco iluminado. O lugar era um labirinto! Não havia nada além de passagens tortuosas por todos os lados, iluminadas por luzes ocasionais, e vez ou outra uma criatura passava correndo, às vezes com um carrinho, às vezes sem nada.

"Bem, no começo eu não estava muito preocupado. Tweel e eu estávamos a poucos passos da entrada. Mas cada movimento que fizemos depois disso parecia nos levar mais para o fundo. Por fim, tentei seguir uma das criaturas que empurrava um carrinho vazio, pensando que ela sairia atrás dos entulhos, mas ela correu sem destino, entrando em uma passagem e saindo em outra. Quando ela começou a correr ao redor de um pilar, parecendo um cão correndo atrás do rabo, desisti, joguei meu tanque de água no chão e me sentei.

"Tweel estava tão perdido quanto eu. Eu apontava para cima e ele dizia 'não, não, não!', soltando um trinado inútil. E não conseguíamos nenhuma ajuda dos nativos. Eles não prestavam nenhuma atenção, só sabiam dizer que éramos amigos. Ai!

"Senhor! Não sei quantas horas ou quantos dias vagamos por lá! Dormi duas vezes por pura exaustão; Tweel parecia nunca precisar dormir. Tentamos seguir apenas os corredores que subiam, mas eles subiam morro acima e depois curvavam descendo. A temperatura naquele maldito formigueiro era constante; não era possível dizer se era noite ou dia, e depois que dormi pela primeira vez, não sei dizer se dormi por uma ou treze horas, por isso, ao olhar no relógio, eu não sabia se era meia-noite ou meio-dia.

"Vimos muitas coisas estranhas. Havia máquinas funcionando em alguns corredores, mas elas não pareciam estar produzindo nada, apenas seus mecanismos giravam. E várias vezes vi duas bestas do barril com um barrilzinho crescendo entre eles, preso nos dois."

– Partenogênese! – exclamou Leroy. – Partenogênese por brotamento, como acontece com *les tulipes*!

– Se você está dizendo isso, francês – concordou Jarvis. – As coisas nunca notavam nossa presença, exceto, como eu disse, para nos cumprimentar com 'somos a-a-a-mi-gos! Ai!'. Elas pareciam não ter nenhum tipo de vida caseira, só corriam de um lado para o outro com seus carrinhos, carregando entulhos. E, por fim, descobri o que eles faziam com aquilo.

"Tivemos um pouco de sorte em um corredor, que subia por uma longa distância. Eu sentia que devíamos estar perto da superfície quando de repente a passagem desembocou em uma câmara abobadada, a única que tínhamos visto. E, cara! Senti vontade de sair pulando quando vi algo que parecia a luz do dia através de uma abertura no teto.

"Havia um... um tipo de máquina na câmara, apenas uma roda enorme que virava devagar, e uma das criaturas estava jogando seus entulhos embaixo daquilo. A roda esmagava fazendo um barulho. Areia, pedras, plantas, tudo virava pó, que era jogado em algum lugar. Enquanto eu observava, outros entravam em fila, repetindo o processo, e isso parecia ser tudo. Nenhum poema rimado, nenhuma razão para aquilo tudo, mas essa é a característica deste planeta maluco. E havia outro fato que é quase bizarro demais para se acreditar.

"Uma das criaturas, depois de ter despejado seu carregamento, empurrou seu carrinho para o lado com um estrondo e calmamente se atirou embaixo da roda! Observei quando ela foi esmagada, perplexa demais para produzir algum som e, um momento depois, uma outra a seguiu! Elas eram perfeitamente metódicas com relação a isso também; uma das criaturas que estava sem carrinho pegou o carrinho abandonado.

"Tweel não parecia surpreso; apontei para o próximo suicida e ele simplesmente deu de ombros da maneira mais humana que se possa imaginar, como se quisesse dizer 'O que eu posso fazer?'. Ele devia conhecer um pouco sobre essas criaturas.

"E então eu vi algo mais. Havia alguma coisa além da roda, algo brilhando em um tipo de pedestal baixo. Caminhei até lá. Havia um pequeno cristal, do tamanho de um ovo, fluorescente a ponto de ganhar do Tofete. A luz que vinha dele fez minhas mãos e meu rosto arderem, quase como uma descarga eletrostática, e então percebi outra coisa engraçada. Lembram daquela verruga que eu tinha no meu dedão esquerdo? Vejam!"

Jarvis esticou a mão.

– Ela secou e caiu. Simples assim! E meu nariz injuriado... digamos que a dor sumiu como em um passe de mágica! A coisa tinha a propriedade de raios x ou radiações gama potentes, só que ainda melhor; destruía o tecido doente e o trocava por um saudável, sem machucados!

"Estava pensando que presente seria levar aquilo para a mãe Terra quando uma algazarra me interrompeu. Corremos de volta para o outro lado da roda a tempo de ver um dos carrinhos se levantar. Algum suicida tinha se descuidado, ao que parecia.

"E então, de repente, as criaturas estavam ribombando e tamborilando em volta de nós, e o barulho delas era, decididamente, ameaçador. Uma multidão delas veio em nossa direção; nós nos afastamos entrando novamente no que pensamos ser a passagem por onde havíamos entrado, e eles vieram ruidosos atrás de nós, alguns empurrando carrinhos e outros não. Aqueles brutos malucos! Houve um coro de 'somos a-a-a--mi-gos! Ai!'. Eu não gostei do 'ai'; era bastante sugestivo.

"Tweel estava com a arma de vidro em punho e eu joguei fora meu tanque de água para ter mais liberdade e peguei minha arma também. Voltamos pelo corredor com as bestas do barril nos seguindo, cerca de vinte delas. Coisa estranha. Aquelas que vinham com carrinhos carregados de entulhos passavam a centímetros de nós sem nos notar.

"Tweel deve ter percebido aquilo. De repente, ele pegou aquele isqueiro de carvão brilhante dele e encostou na carga de um carrinho de galhos de plantas. Puf! A carga toda começou a queimar, e a besta maluca que o empurrava continuou caminhando sem alterar o passo! Aquilo criou, porém, algum distúrbio entre nossos 'a-a-a-mi-gos', e então percebi a fumaça rodopiando e girando ao passar por nós e, assim, encontrei a saída!

"Peguei Tweel e saímos correndo, e atrás de nós vieram nossos vinte perseguidores. A luz do dia parecia o Paraíso, embora eu tenha visto em uma primeira olhada que o Sol estava quase se pondo, e isso era ruim, pois eu não conseguiria sobreviver sem o meu saco de dormir térmico em uma noite marciana, pelo menos não sem uma fogueira.

"E rapidamente as coisas pioraram. Eles nos encurralaram em um canto entre dois montes, e lá ficamos. Eu não tinha atirado e Tweel também não; não fazia sentido irritar aqueles brutos. Eles pararam a uma pequena distância e começaram a cantar sobre amizade e ais.

"As coisas pioraram ainda mais! Um bruto do barril saiu com um carrinho e todos pegaram algo dele e vieram com as mãos cheias de dardos de cobre, que pareciam bem afiados, e de repente um deles passou raspando por minha orelha – *vush*! Agora era atirar ou morrer.

"Durante algum tempo nós nos saímos muito bem. Escolhemos aqueles que estavam ao lado do carrinho e conseguimos diminuir o número de dardos, mas, de repente, houve um barulho estrondoso de "a-a-a-mi-gos" e "ais", e todo o exército deles saiu do buraco.

"Cara! Aquele era o nosso fim e eu sabia disso! Então, percebi que não era o fim de Tweel. Ele poderia ter pulado o monte atrás de nós com facilidade. Mas ele estava ali por mim!

"Digamos que eu poderia ter gritado se tivesse tido tempo! Eu tinha gostado de Tweel desde o começo, mas não sei se eu teria o tamanho da gratidão dele para fazer o que ele estava fazendo, supondo que eu o tivesse salvado da primeira besta dos sonhos. Ele já tinha feito muito por mim, não tinha? Segurei seu braço e disse 'Tweel' e apontei para cima, e ele entendeu. Ele disse 'não, não, não, Tick!' e saiu disparando sua pistola de vidro.

"O que eu poderia fazer? Eu estaria morto mesmo depois que o Sol se pusesse, mas eu não conseguia explicar isso para ele. Eu disse 'obrigado, Tweel. Você é um homem bom!', e eu percebi que eu não estava fazendo nenhum elogio a ele. Um homem! Existem pouquíssimos homens que fariam algo como aquilo.

"Assim, saí atirando com meu revólver, e Tweel saiu fazendo 'puf' com o dele, e os barris jogavam dardos e se preparavam para correr em nossa direção, e tamborilavam sobre serem amigos. Eu já perdera a esperança. Então, de repente, um anjo desceu do Céu na forma de Putz, com seu jato explodindo os barris em pedacinhos!

"Uau! soltei um grito e corri para o foguete; Putz abriu a porta e eu entrei, rindo, chorando e gritando! Passou um momento ou mais até que me lembrei de Tweel; olhei em volta a tempo de vê-lo subindo em um de seus mergulhos de bico sobre um monte e ir embora.

"Tive um trabalho infernal para convencer Putz a ir atrás dele! Quando conseguimos colocar o foguete no céu, já estava escuro; vocês sabem como acontece por aqui – é como apagar uma luz. Voamos sobre o deserto e descemos uma ou duas vezes. Eu gritei 'Tweel!' talvez uma centena de vezes. Não conseguimos encontrá-lo; ele conseguia viajar na velocidade do vento, e tudo o que eu consegui, a não ser que eu tenha imaginado, foi ouvir um barulho fraco de trinado e de gorjeio vindo do sul. Ele tinha ido embora e, maldição, eu gostaria que ele não tivesse ido!"

Os quatro homens da *Ares* ficaram em silêncio, até mesmo o sarcástico Harrison. Por fim, o pequeno Leroy quebrou o silêncio.

– Eu gostaria de vê-lo – murmurou ele.

– Sim – disse Harrison. – E o que curou a verruga. Muito ruim você não ter pegado aquilo; poderia ser a cura do câncer que os homens vêm procurando há um século e meio.

– Ah, isso! – murmurou Jarvis, melancólico. – Foi isso que começou a briga!

Ele tirou um objeto brilhante do bolso.

– Aqui está.

VALE DOS SONHOS

O capitão Harrison da expedição *Ares* tirou os olhos do pequeno telescópio na ogiva do foguete.

– Mais duas semanas, no máximo – observou ele. – Marte só faz o movimento retrógrado por setenta dias ao todo, em relação à Terra, e precisamos estar de regresso a casa durante esse período, ou teremos que esperar um ano e meio até que a velha Mãe Terra dê a volta ao redor do Sol e nos alcance novamente. O que vocês acham da ideia de passarmos o inverno aqui?

Dick Jarvis, o químico do grupo, estremeceu ao tirar os olhos de seu computador.

– Prefiro passar o inverno em um tanque de ar líquido! – declarou ele. – Essas noites de verão com temperaturas de sessenta graus abaixo de zero já são suficientes para mim.

– Bom – refletiu o capitão –, a primeira expedição marciana bem-sucedida já deverá estar em casa bem antes disso então.

– Bem-sucedida se chegarmos em casa – corrigiu Jarvis. – Não confio nesses foguetes que não funcionam bem, não depois de o foguete auxiliar ter me despejado no meio do *Thyle* na semana passada. Voltar a pé de um passeio de foguete é uma experiência nova para mim.

– O que me faz lembrar – respondeu Harrison – que precisamos recuperar seus filmes. Eles são importantes se quisermos tirar essa viagem do vermelho. Lembram como as pessoas admiraram as primeiras imagens da Lua? Nossas fotos devem fazer sucesso. E os direitos de transmissão também; precisamos mostrar lucro para a Academia.

— O que me interessa — argumentou Jarvis — é um lucro pessoal. Um livro, por exemplo; livros sobre exploração sempre fazem sucesso. *Desertos marcianos*, que tal um título assim?

— Péssimo! — resmungou o capitão. — Parece um livro de culinária com receitas de sobremesas. Seria necessário dar ao livro o título de *Vida amorosa de um marciano*, ou algo do tipo.

Jarvis riu.

— De qualquer maneira — disse ele —, se um dia voltarmos para casa, vou agarrar o lucro que for e nunca, nunca vou me afastar tanto da Terra a ponto de um bom avião de estratosfera não conseguir me levar. Aprendi a apreciar o planeta depois de atravessar essa bola seca em que estamos agora.

— Aposto que você vai voltar aqui todos os anos — sorriu o capitão. — Você vai querer visitar o seu amigo, aquele avestruz brincalhão.

— Tweel? — o tom do outro era sério. — Gostaria de não ter me perdido dele daquela maneira. Ele era um bom camarada. Eu nunca teria sobrevivido à besta dos sonhos se não fosse por ele. E aquela batalha com aqueles carrinhos, nunca tive a chance de agradecer a ele.

— Dois lunáticos, vocês — observou Harrison.

Ele piscou os olhos através da escotilha para olhar a escuridão cinzenta do *Mare Cimmerium*.

— Lá vem o Sol — ele parou de falar. — Ouça, Dick, você e Leroy, entrem naquele foguete auxiliar e vão lá fora recuperar aqueles filmes.

Jarvis ficou encarando.

— Eu e Leroy? — repetiu ele, de maneira antigramatical. — Por que não eu e Putz? Um engenheiro teria alguma chance de nos levar até lá e depois nos trazer de volta se algo der errado com o foguete.

O capitão assentiu na direção da parte de trás do foguete, de onde se ouvia, naquele momento, uma mistura de golpes e expletivos guturais.

– Putz vai cuidar da parte interna da *Ares* – anunciou ele. – Ele estará bastante ocupado até partirmos, pois quero que cada lingueta seja inspecionada. Depois que partirmos será tarde demais para fazer reparos.

– E se Leroy e eu tivermos problemas? Esse é o nosso último foguete auxiliar.

– Encontrem outro avestruz e voltem pra cá – sugeriu Harrison, rudemente.

Depois, ele sorriu.

– Se vocês tiverem problemas, iremos atrás de vocês com a *Ares* – completou ele. – Aqueles filmes são importantes. – Ele se virou. – Leroy!

O gentil e pequeno biólogo apareceu, com o rosto cheio de interrogação.

— Jarvis e você vão resgatar o auxiliar – disse o capitão. – Já está tudo pronto e é melhor vocês irem já. Entrem em contato a cada meia hora; estarei atento.

Os olhos de Leroy brilharam.

– Talvez a gente possa aterrissar se encontrar alguma espécime, não? – perguntou ele.

– Aterrissem se quiserem. Essa bola de golfe parece segura o suficiente.

– Exceto pela besta dos sonhos – murmurou Jarvis com um leve estremecimento.

Ele franziu a testa de repente.

– E se, já que vamos para aqueles lados, eu procurasse a casa do Tweel? Ele deve morar em algum lugar por ali, e ele é a coisa mais importante que encontramos em Marte.

Harrison hesitou.

– Se eu achasse que vocês conseguiriam não se meter em problemas – murmurou ele. – Tudo bem – declarou. – Deem uma olhada.

Tem comida e água no foguete auxiliar; vocês podem demorar uns dois dias. Mas mantenham contato comigo, seus trouxas!

Jarvis e Leroy passaram pela câmara de ar e saíram na planície cinzenta. O ar rarefeito, ainda pouco aquecido pelo Sol, fez doer a carne e os pulmões como se fosse uma agulha, e eles arfaram com uma sensação de sufocamento. Eles se colocaram em posição sentada, esperando que seus corpos, treinados durante meses nas câmaras de aclimatização quando estavam na Terra, se acostumassem ao ar tênue. O rosto de Leroy, como sempre, assumiu um tom azul pálido, e Jarvis ouviu a própria respiração raspando e retinindo na garganta. Mas em cinco minutos o desconforto passou; eles se levantaram e entraram no pequeno foguete auxiliar que estava ao lado da carcaça preta da *Ares*.

Os jatos inferiores rugiram sua explosão atômica de fogo; sujeira e pedaços de biópodes quebrados giraram em uma nuvem enquanto o foguete subia. Harrison assistiu ao projétil trilhar seu caminho flamejante para o sul e então voltou ao trabalho.

Passaram-se quatro dias até ele ver o foguete de novo. À noite, quando o Sol começou a se pôr no horizonte com a brusquidão de uma vela que cai no mar, o foguete auxiliar brilhou nos céus ao sul, aterrissando suavemente nas asas flamejantes dos jatos inferiores. Jarvis e Leroy apareceram, passaram pelo crepúsculo que se aproximava rapidamente e olharam para ele à luz da *Ares*. Ele estudou os dois; Jarvis estava todo esfarrapado e arranhado, mas parecia estar em melhor condição do que Leroy, cuja elegância desaparecera por completo. O pequeno biólogo estava tão pálido quanto a lua mais próxima que brilhava lá fora; um de seus braços estava enfaixado com a segunda pele e suas roupas eram verdadeiros trapos. Mas o que mais intrigou Harrison foram seus olhos; para alguém que viveu todos esses dias cansativos com o pequeno francês, havia algo estranho neles. Eles estavam assustados, aquilo era bem claro, e estranho, pois Leroy não era covarde, senão nunca teria sido um dos quatro escolhidos pela academia para a primeira expedição marciana. Mas o medo em seus olhos era mais compreensível do que aquela outra expressão, aquela estranha fixidez no olhar como se ele estivesse em um transe, ou como se a pessoa estivesse em êxtase. "Parece um camarada que viu o Céu e o Inferno ao mesmo tempo", Harrison pensou consigo mesmo. Ele ainda precisava descobrir o quão certo estava.

Ele assumiu um ar rude quando os dois se sentaram.

– Vocês formam uma dupla muito bonita! – rosnou ele. – Eu devia saber disso quando deixei vocês dois saírem vagando por aí sozinhos. – Ele parou de falar. – Está tudo bem com o seu braço, Leroy? Precisa de algum cuidado?

Javis respondeu.

– Está tudo bem, é só um corte profundo. Não há risco de infecção aqui, eu acho; Leroy diz que não existem micróbios em Marte.

– Bom – explodiu o capitão –, então vamos ouvir o que vocês têm para nos contar! A comunicação de vocês por rádio estava estranha. "Escapamos do Paraíso! Hã?"

– Eu não quis dar detalhes por rádio – disse Jarvis, com seriedade. – Vocês iam achar que estávamos malucos.

– Eu já acho isso, de qualquer maneira.

– *Moi aussi*! – murmurou Leroy. – Eu *acha* também!

– Devo começar do começo? – perguntou o químico. – Nossos primeiros relatórios estavam bastante completos.

Ele ficou olhando para Putz, que entrara em silêncio, com o rosto e as mãos pretas de carbono, e se sentara ao lado de Harrison.

– Do começo – decidiu o capitão.

– Bom – começou Jarvis –, começamos bem, e voamos para o sul ao longo do meridiano da *Ares*, o mesmo curso que segui na semana passada. Eu estava me acostumando com esse horizonte estreito, por isso não me senti como se estivesse preso embaixo de uma grande tigela, mas é comum superestimar as distâncias. Algo que está a seis quilômetros de distância pode parecer a doze quando se está acostumado com a curvatura terrestre, e por isso julgamos que seu tamanho é quatro vezes maior. Uma pequena colina parece uma montanha até que você esteja quase sobre ela.

– Eu sei disso – soltou Harrison.

– Você sabe, mas Leroy não sabia, e eu passei nossas primeiras duas horas tentando explicar isso a ele. Quando ele entendeu (se é que entendeu), já tínhamos passado por *Cimmerium* e sobre aquele deserto *Xanthus*, e então atravessamos o canal com a cidade enlameada, os cidadãos que têm o corpo em forma de barril e o lugar onde Tweel atirara na besta dos sonhos. E nada conseguia mudar a cabeça do Pierre aqui, que queria descer para colocar sua biologia em prática nos restos que ali estavam. Então fizemos isso.

"A coisa ainda estava lá. Nenhum sinal de decomposição; nem poderia haver, claro, sem as formas bacterianas de vida, e Leroy diz que Marte é tão asséptico quanto uma mesa de cirurgia."

– *Comme le coeur d'une fileuse* – corrigiu o pequeno biólogo, que estava começando a recuperar os traços de sua energia costumeira. – Como o coração de uma velha donzela!

– Contudo – Jarvis voltou a falar –, cerca de uma centena de pequenos biópodes verde-acinzentados haviam se prendido na coisa, e estavam crescendo e se ramificando ali. Leroy encontrou um pedaço de pau e os tirou dali, e cada galho quebrava e se transformava em um biópode que se arrastava em volta dos outros. Então, ele cutucou a criatura, enquanto eu olhava para o outro lado; mesmo morto, aquele demônio com braço de corda me dava arrepios.

E então surgiu a surpresa; uma parte da coisa era planta!

– *C'est vrai!* – confirmou o biólogo. – É verdade!

– Era um primo grande dos biópodes – continuou Jarvis. – Leroy estava bastante animado; ele imagina que toda a vida marciana é daquele tipo. Nem planta nem animal. A vida aqui nunca se diferencia, ele diz; tudo tem as duas naturezas em si, até mesmo as criaturas-barris, até mesmo Tweel! Acho que ele está certo, principalmente quando pensamos na maneira como Tweel descansava, enfiando o bico no chão e ficando daquela maneira a noite toda. Nunca o vi comer ou beber também; talvez seu bico seja mais parecido com uma raiz, e ele consegue se alimentar daquela maneira.

– Isso parece loucura para mim – observou Harrison.

– Bom – continuou Jarvis –, nós quebramos alguns outros galhos e o mesmo aconteceu; os pedaços rastejavam ao redor, só que muito mais devagar do que os biópodes, e então se prendiam no chão. Leroy precisava pegar uma amostra da grama rastejante, e já estávamos prontos para partir quando um grupo de criaturas em forma de barris veio correndo com seus carrinhos. Eles também não tinham se esquecido de mim; todos tamborilavam dizendo "somos a-mi-gos. Ai!", da mesma maneira como fizeram antes. Leroy queria atirar em um deles e depois cortá-lo, mas eu me lembrei da batalha que Tweel e eu tivemos com eles e vetei a ideia. Mas ele deu um palpite sobre uma possível explicação para o que eles faziam com todo o lixo que coletavam.

– Faziam tortas de lama, talvez – soltou o capitão.

– Mais ou menos – respondeu Jarvis. – Leroy acha que eles usam isso para se alimentar. Se eles são meio vegetais... Veja bem, o que eles querem é um solo com restos orgânicos para torná-lo fértil. É por isso que eles trituram areia, biópodes e outros seres todos juntos, entende?

– Muito pouco – respondeu Harrison. – E quanto aos suicídios?

– Leroy também teve um palpite sobre isso. Os suicidas pulam no triturador quando a mistura tem areia e cascalho demais; eles se jogam para ajustar as proporções.

– Ratos! – disse Harrison, enojado. – Por que eles não podiam pegar alguns galhos extras do lado de fora?

– Porque o suicídio é mais fácil. Você precisa se lembrar de que essas criaturas não podem ser julgadas por padrões terráqueos; elas provavelmente não sentem dor, e não têm o que nós chamamos de individualidade. Qualquer inteligência que tenham é propriedade da comunidade toda, como em um formigueiro. É isso! As formigas são capazes de morrer por seu formigueiro; o mesmo acontece com essas criaturas.

– Assim como acontece com os homens – observou o capitão –, se chegarem a esse ponto.

– Sim, mas os homens não têm exatamente vontade de fazer isso. É necessária uma emoção como, por exemplo, o patriotismo para que cheguem ao ponto de morrer por seu país; essas criaturas fazem isso tudo em um dia normal de trabalho.

Ele parou de falar.

– Bom, tiramos algumas fotos da besta dos sonhos e das criaturas em forma de barril, e então retomamos nossa viagem. Sobrevoamos *Xanthus*, ficando o mais próximo do meridiano da *Ares* que conseguimos, e logo encontramos o rastro do construtor da pirâmide. Então, circulamos de volta para que Leroy pudesse dar uma olhada nele, e quando o encontramos, aterrissamos. A coisa completara apenas duas fileiras de tijolos desde que Tweel e eu partimos, e lá estava ele, inspirando silício e expirando tijolos como se tivesse toda a eternidade para fazer isso, algo que ele realmente tem. Leroy queria dissecá-lo com uma bala explosiva Boland, mas achei que qualquer coisa que vivera por dez milhões de anos merecia o respeito com que tratamos qualquer idoso, por isso eu o convenci a não fazer isso. Ele olhou dentro do buraco no topo da criatura e quase foi atingido pelo braço que trazia um tijolo, e então ele lascou alguns pedaços dela, o que não incomodou nem um pouco a criatura. Ele encontrou o local que eu havia cortado, tentou ver se havia algum sinal de cura ali, e concluiu que conseguiria afirmar aquilo em dois ou três mil anos. Então, tiramos algumas fotos daquilo e continuamos nosso voo.

"No meio da tarde localizamos os destroços do meu foguete. Nada fora alterado; pegamos meus filmes e tentamos decidir o que fazer em seguida. Eu queria encontrar Tweel, se possível; eu entendi, pelo fato de ele apontar para o sul, que ele morava em algum lugar perto de *Thyle*. Traçamos nossa rota e acreditamos que o deserto em que estávamos era o *Thyle II*; o *Thyle I* devia estar a leste de nós. Então, seguindo nosso pressentimento, decidimos dar uma olhada no *Thyle I* e lá fomos nós."

– *Der* motores? – perguntou Putz, quebrando seu longo silêncio.

– Surpreendentemente, não tivemos nenhum problema, Karl. Sua explosão funcionou perfeitamente. Então, seguimos zumbindo, bem alto, para ter uma visão mais ampla, eu diria uns quinze mil metros. O *Thyle II* se espalhava como um tapete laranja, e depois de um tempo chegamos ao lado cinzento do *Mare Chronium* que o delimitava. Aquilo era estreito; nós o atravessamos em meia hora, e lá estava o *Thyle I*, o mesmo deserto em tom laranja, como o seu par. Viramos para o sul, na direção do *Mare Australe*, e seguimos a beirada do deserto. E quando chegava o pôr do Sol, nós o avistamos.

– *Avishtaram*? – repetiu Putz. – *Vot vas avishtaram?*

– O deserto foi visto. Com construções! Não com as cidades enlameadas dos canais, embora um canal passasse por ele. De acordo com o mapa concluímos que o canal era uma continuação daquele que o Schiaparelli chamava de *Ascanius*.

"Nós provavelmente estávamos alto demais para sermos vistos por qualquer habitante da cidade, mas também alto demais para enxergá-la, mesmo com os binóculos. Contudo, já estávamos próximos do pôr do Sol, de qualquer maneira, e por isso não pretendíamos descer lá. Circulamos o lugar; o canal desembocava no *Mare Australe* e lá, brilhando ao sul, vimos a calota polar derretendo! O canal a drenava; podíamos distinguir o brilho da água nela. A sudoeste, bem na beirada do *Mare Australe*, havia um vale; a primeira irregularidade que eu vira em Marte, exceto pelos penhascos que delimitavam *Xanthus* e *Thyle II*. Voamos sobre o vale." Jarvis parou de falar de repente e estremeceu; Leroy, que estava começando a recuperar a cor, pareceu empalidecer.

O químico voltou a falar.

– Bem, o vale parecia normal. Naquele momento! Apenas uma imensidão cinzenta, provavelmente cheia de seres rastejantes como os outros.

"Voltamos a sobrevoar a cidade; bom, preciso dizer a vocês que aquele lugar era, digamos, gigantesco! Colossal! Em um primeiro momento pensei que o tamanho fosse aquela ilusão de ótica que comentei antes... sabe, quanto mais próximo do horizonte. Mas não era aquilo. Nós a sobrevoamos e nunca vimos nada como aquilo!

"E naquele exato momento, perdemos o Sol de vista. Eu sabia que estávamos bastante ao sul, latitude 60, mas não sabia quanto de noite teríamos pela frente."

Harrison olhou para o gráfico de Schiaparelli.

– Latitude 60, certo? – questionou ele. – Perto do que corresponde ao círculo antártico. Vocês teriam cerca de quatro horas de noite nesta época. Daqui três meses não haverá noite alguma.

– Três meses! – repetiu Jarvis, surpreso.

Então, ele sorriu.

– Tudo bem! Eu esqueço que as estações aqui duram duas vezes mais do que as nossas. Bom, sobrevoamos o deserto por cerca de trinta quilômetros, o que deixava a cidade abaixo do horizonte caso dormíssemos, e lá passamos a noite.

"Você está certo quanto à duração da noite. Tivemos em torno de quatro horas de escuridão, o que permitiu que descansássemos bastante. Fizemos o desjejum, enviamos nossa localização para vocês e seguimos para dar uma olhada na cidade.

"Navegamos a partir do leste e ela surgiu à nossa frente como uma cadeia de montanhas. Deus, que cidade! Não que Nova Iorque não deva ter prédios mais altos, ou que Chicago não tenha seu solo mais preenchido, mas, em massa total, aquelas estruturas tinham uma classificação à parte. Gigantesca!

"Contudo, o lugar tinha uma aparência estranha. Sabe, como uma cidade terráquea se espalha, com uma área de subúrbio, um anel de setores residenciais, distritos industriais, parques, rodovias. Não existia isso aqui; a cidade surgia do deserto de maneira tão abrupta quanto um penhasco. Apenas alguns poucos montes de areia marcavam a divisão, e então havia os muros daquelas estruturas gigantescas.

"A arquitetura também era estranha. Havia vários dispositivos impossíveis de termos na terra, coisas como o recuo ao contrário, de maneira que um edifício com uma base pequena podia se espalhar à medida que era erguido. Isso seria um truque valioso em Nova Iorque, onde um pedaço de terra chega a ser impagável, mas para fazer isso seria necessário transferir a gravidade marciana para lá!

"Bom, como não é possível aterrissar direito um foguete em uma rua da cidade, descemos ao lado do canal, pegamos nossas pequenas câmeras e revólveres e partimos em direção a uma abertura no muro de alvenaria. Estávamos a menos de três metros de distância do foguete quando encontramos a explicação para tamanha estranheza.

"A cidade estava em ruínas! Abandonada, deserta, tão morta quanto a Babilônia! Ou, pelo menos, era o que parecia para nós naquele momento, com suas ruas vazias que, se um dia foram pavimentadas, estavam agora cobertas por muita areia."

– Uma ruína? – comentou Harrison. – De que idade?

– Como vamos saber? – respondeu Jarvis. – A próxima expedição a vir para esse planeta precisa trazer um arqueólogo, e um filologista também, graças ao que descobrimos depois. Mas é um maldito de um trabalho estimar a idade de qualquer coisa aqui; tudo se desgasta tão devagar que a maioria dos edifícios pode ter sido construída ontem. Não existem tempestades, terremotos nem vegetação para causar rachaduras com suas raízes. Nada. Os únicos fatores de desgaste aqui são a erosão causada pelo vento, e isso é insignificante nesta atmosfera; e as rachaduras causadas pela mudança de temperatura. E um outro agente, os meteoritos. Eles devem cair na cidade ocasionalmente, a julgar pela rarefação do ar, e pelo fato de termos visto quatro atingirem o solo bem aqui perto da *Ares*.

– Sete – corrigiu o capitão. – Caíram mais três quando vocês não estavam aqui.

– Bom, de qualquer maneira, os estragos causados por meteoritos devem ser pequenos. Os grandes devem ser tão raros aqui quanto são na Terra, pois eles atravessam apesar da atmosfera, e tais construções poderiam aguentar vários dos pequenos. Meu palpite quanto à idade da cidade, e talvez seja um palpite bastante errado, é que ela deva ter uns quinze mil anos. Isso significa ser milhares de anos mais velha do que qualquer civilização humana; quinze mil anos atrás era o fim da Idade da Pedra na história da humanidade.

"Então, Leroy e eu nos esgueiramos naquelas construções gigantescas nos sentindo pigmeus, meio apavorados e falando em sussurros.

Digo a vocês, era fantasmagórico andar por aquelas ruas mortas e desertas, e sempre que passávamos por uma sombra, tremíamos, e não só porque as sombras são frias em Marte. Nós nos sentimos intrusos, como se a grande raça que construiu aquele lugar pudesse se ressentir com a nossa presença mesmo depois de cento e cinquenta séculos. Naquele lugar o silêncio era sepulcral, mas continuamos imaginando coisas e espiando pelas vielas escuras entre os prédios e olhando para trás. A maioria das estruturas não tinha janelas, mas quando víamos uma abertura naquelas vastas paredes não conseguíamos tirar o olho dela, esperando ver algo terrível espiando para fora.

"Passamos então por um edifício com um arco aberto; as portas estavam lá, mas bloqueadas pela areia. Juntei coragem o suficiente para dar uma olhada lá dentro e então, claro, descobrimos que tínhamos nos esquecido de pegar nossos flashes. Mas avançamos alguns metros na escuridão e a passagem desembocou em um corredor colossal. Bem acima de nós, uma pequena rachadura deixou entrar um raio fraco de luz do dia, nem perto de iluminar o local; eu não conseguia nem ver se o corredor subia até a altura do teto. Mas sei que o lugar era enorme; eu disse algo para Leroy, e um milhão de pequenos ecos voltou para nós da escuridão. E depois disso, começamos a ouvir outros sons – barulhos de farfalhar rastejantes, sussurros, ruídos que pareciam respiração reprimida – e algo preto e silencioso passou entre nós e aquela fenda distante de luz.

"Então vimos três pontinhos esverdeados no crepúsculo à nossa esquerda. Ficamos parados olhando para eles, e de repente todos viraram ao mesmo tempo. Leroy gritou: '*ce sont des yeux!*' E era verdade! Eram olhos!

"Bom, ficamos lá paralisados por um momento, enquanto o grito de Leroy ia e voltava reverberando entre as paredes distantes, e os ecos repetiam as palavras em vozes estranhas e finas. Houve gemidos, murmúrios, sussurros e barulhos que pareciam estranhas risadas suaves, e então a coisa de três olhos se moveu novamente. E nós corremos para a porta!

"Nós nos sentimos melhores à luz do Sol; olhamos um para o outro com ar envergonhado, mas nenhum de nós sugeriu dar outra olhada dentro das construções, embora tenhamos visto o lugar mais tarde, e aquilo foi estranho também, mas vocês vão ouvir essa história quando eu chegar nessa parte. Nós apenas abaixamos os revólveres e nos arrastamos por aquela rua fantasmagórica.

"A rua fazia curvas, virava e se subdividia. Prestei bastante atenção em nosso caminho, pois não podíamos correr o risco de nos perdermos naquele gigantesco labirinto. Sem nossos sacos de dormir térmicos, a noite acabaria conosco, se o que se espreitava naquelas ruínas não fizesse isso antes. Aos poucos, percebi que estávamos voltando para o canal, as construções terminaram e havia apenas algumas dezenas de cabanas de pedra irregulares que pareciam ter sido construídas com os escombros da cidade. Eu estava começando a ficar um pouco decepcionado por não encontrar ali nenhum rastro do povo de Tweel, foi quando viramos uma esquina e lá estava ele!

"Eu gritei: 'Tweel!', mas a criatura ficou apenas me olhando e percebi que não era Tweel, mas um outro tipo de marciano. Os apêndices emplumados de Tweel tinham um tom mais alaranjado e ele era vários centímetros mais alto do que aquele que estava ali. Leroy gritava animado, e o marciano mantinha o bico cruel virado para nós, por isso dei um passo à frente como um pacificador. Perguntei: 'Tweel?', mas não surtiu resultado. Tentei uma dezena de vezes e nós por fim precisamos desistir; não era possível nos conectarmos.

"Leroy e eu andamos em direção às cabanas, e o marciano nos seguiu. Por duas vezes outros se juntaram a ele, e em cada uma dessas vezes eu disse 'Tweel', mas eles só ficaram olhando para nós. Então continuamos andando, com os três atrás de nós e, de repente, me ocorreu que o problema podia ser o meu sotaque marciano. Olhei para o grupo e tentei trinar da maneira como o próprio Tweel fazia: 'T-r-r-rwee-r-rl!' Falei assim.

"E isso funcionou! Um deles virou a cabeça em noventa graus, e guinchou 'T-r-r-rweee-r-rl!', e um momento depois, como uma flecha atirada por um arco, Tweel veio voando sobre as cabanas e aterrissou de bico na minha frente!

"Cara, ficamos muito felizes em nos ver! Tweel começou a chilrear e a gorjear como fazem os animais da fazenda no verão, e a saltar e a aterrissar de bico no chão, e eu teria segurado suas mãos, mas ele não ficava parado tempo o suficiente para que eu fizesse isso.

"Os outros marcianos e Leroy só ficaram olhando e, depois de um tempo, Tweel parou de pular, e lá estávamos nós. Não conseguíamos conversar um com o outro mais do que fizemos antes, então, depois de eu ter dito 'Tweel' algumas vezes e de ele ter dito 'Tick', nós ficamos mais ou menos de mãos atadas. Mas estávamos apenas no meio da manhã, e parecia importante aprender tudo o que podíamos sobre Tweel e a cidade, por isso eu sugeri que ele nos guiasse pelo lugar se ele não estivesse ocupado. Expliquei a ideia apontando para trás, para os edifícios, e então para ele e para nós.

"Bom, ao que parece, ele não estava muito ocupado, pois saiu conosco, liderando o caminho com um de seus mergulhos de quarenta e cinco metros que deixaram Leroy ofegante. Quando nós o alcançamos, ele disse algo como 'um, um, dois – dois, dois quatro – não, não – sim, sim – pedra – não respira!'. Aquilo parecia não significar nada; talvez ele só quisesse mostrar para Leroy que ele sabia falar inglês, ou talvez estivesse simplesmente se relembrando de todo o vocabulário que sabia.

"De qualquer maneira, ele nos mostrou o lugar. Ele tinha uma espécie de luz em sua bolsa preta, boa o suficiente para cômodos pequenos, mas que simplesmente se perdia em algumas das cavernas colossais pelas quais passamos. Nove de cada dez edificações não significaram absolutamente nada para nós, eram apenas vastas câmaras vazias, cheias de sombras, farfalhares e ecos. Eu não conseguia imaginar para que serviam; elas não pareciam adequadas para habitação ou para fins comerciais – indústrias e coisas assim; elas podem ter servido como estações de energia, mas qual poderia ter sido o propósito de uma cidade toda cheia daquilo? E onde estava o restante da maquinaria?

"O lugar era um mistério. Às vezes Tweel nos levava através de um cômodo que teria abrigado um transatlântico, e parecia se encher de orgulho, e nós não conseguíamos entender nada daquilo! Como uma exibição de poder arquitetônico, a cidade era colossal; como qualquer outra coisa, parecia simplesmente maluca!

"Mas vimos uma coisa reveladora. Chegamos ao mesmo prédio em que Leroy e eu tínhamos entrado antes; aquele que tinha os três olhos. Bom, estávamos com um pouco de receio de entrar lá, mas Tweel chilreou e gorjeou e ficou dizendo 'sim, sim, sim!', então nós o seguimos, olhando nervosos para todos os lados procurando a coisa que nos observara. No entanto, aquele corredor era exatamente igual aos outros, cheio de murmúrios, farfalhares e sombras virando nas esquinas. Se a criatura de três olhos ainda estava lá, deve ter se retirado furtivamente junto com os outros.

"Tweel nos levou através do muro. Sua luz mostrava uma série de pequenas alcovas, e na primeira delas encontramos algo intrigante, algo muito estranho. Quando a luz iluminou dentro da alcova, eu vi apenas um espaço vazio, e então, agachado no chão, eu vi – aquilo! Uma pequena criatura quase do tamanho de um grande rato, era esse o tamanho, cinza e confusa, e obviamente assustada com nossa aparição. Tinha o pequeno rosto muito estranho e diabólico! Orelhas pontudas, ou chifres, e olhos demoníacos que pareciam brilhar com um tipo de inteligência satânica.

"Tweel também o viu, e soltou um grunhido de raiva, e a criatura se levantou em duas pernas finas como lápis e saiu correndo soltando um guincho meio aterrorizado, meio desafiador. Passou por nós entrando na escuridão rápido demais até mesmo para Tweel, e enquanto ele corria, algo balançava em seu corpo como uma capa esvoaçante. Tweel gritou furioso para ele e começou uma algazarra que parecia uma ira genuína.

"Mas a coisa tinha ido embora, e então percebi o mais estranho de todos os detalhes imagináveis. No chão, exatamente no ponto onde ele estava agachado, havia – um livro! Ele estava agachado sobre um livro!

"Dei um passo para a frente; com certeza havia um tipo de inscrição nas páginas; linhas brancas onduladas como um registro de sismógrafo em folhas pretas como o material da bolsa do Tweel. Este fumegou e assobiou de raiva, então pegou o volume e o jogou longe, onde havia uma estante cheia de outros livros. Leroy e eu ficamos olhando abestalhados um para o outro.

"Estaria a pequena coisa de rosto demoníaco lendo? Ou simplesmente comendo as páginas, recebendo nutrição física em vez de mental? Ou teria a coisa toda sido apenas acidental?

"Se a criatura fosse uma peste como os ratos que destroem livros, a raiva de Tweel era compreensível, mas por que ele deveria tentar impedir um ser inteligente, mesmo que fosse de uma raça estranha, de ler – se ele estivesse lendo? Não sei; percebi que o livro estava intacto, não que eu tenha visto algum livro rasgado entre todos os que mexemos. Mas tenho a estranha impressão de que, se soubéssemos o segredo do pequeno diabinho encapuzado, conheceríamos o mistério da vasta cidade abandonada e da deterioração da cultura marciana.

"Bom, Tweel se acalmou depois de um tempo e nos guiou por aquele imenso cômodo. Acho que ali foi uma biblioteca um dia; pelo menos havia milhares e milhares daqueles volumes estranhos de páginas pretas impressos com linhas brancas onduladas. Havia gravuras também, em alguns deles; e alguns revelavam imagens do povo de Tweel. Isso era um ponto, claro; mostrava que a raça dele construíra a cidade e imprimira os livros. Não acho que nem mesmo o maior filologista da terra jamais conseguirá traduzir uma linha desses registros; eles foram feitos por mentes muito diferentes das nossas.

"Tweel conseguia lê-los, naturalmente. Ele gorjeou algumas poucas linhas, e então eu peguei alguns livros, com a permissão dele; ele disse 'não, não!' para alguns e 'sim, sim!' para outros. Talvez ele tenha preservado aqueles de que seu povo precisava, ou talvez ele tenha me deixado pegar aqueles que achou que eu entenderia com mais facilidade. Não sei; os livros estão lá no foguete.

"Então ele iluminou as paredes com aquela tocha fraca dele e elas continham gravuras. Deus, que gravuras! Elas se espalhavam para cima até a escuridão do teto, misteriosas e gigantescas. Eu não consegui entender muito da primeira parede; parecia ser o retrato de uma grande assembleia do povo de Tweel. Talvez quisesse simbolizar a Sociedade ou o Governo. Mas a parede seguinte era mais óbvia; mostrava criaturas trabalhando em um tipo de máquina colossal, e aquilo seria a Indústria ou Ciência. A parede de trás estava um pouco corroída; pelo que pude ver, suspeitei que a cena representada era um retrato de Arte. Mas foi com a quarta parede, contra a qual nos chocamos, que ficamos aturdidos.

"Acho que o símbolo representava a Exploração ou Descoberta. Essa parede era um pouco mais clara, pois a luz do dia que vinha da rachadura iluminava a superfície de cima e a tocha de Tweel iluminava a de baixo. Vimos uma figura gigante sentada, um dos marcianos bicudos como Tweel, mas com cada membro do corpo sugerindo opressão, fadiga. Os braços estavam caídos inertes na cadeira, o pescoço fino estava curvado e o bico, encostado no corpo, como se a criatura mal conseguisse suportar o próprio peso. Na frente dele, havia uma imagem estranha ajoelhada, e ao vê-la, Leroy e eu quase caímos um sobre o outro. Era, aparentemente, um homem!"

– Um homem! – repetiu Harrison. – Você está dizendo um homem?

– Eu disse, aparentemente – respondeu Jarvis. – O artista exagerou no tamanho do nariz, que tinha quase o mesmo comprimento do bico do Tweel, mas a imagem tinha cabelo preto na altura do ombro, e em vez dos quatro dedos do marciano havia cinco em sua mão estendida! Estava ajoelhado, como se estivesse adorando o marciano, e no chão havia algo parecido com uma tigela de cerâmica cheia de alguma comida, como oferenda. Bom, Leroy e eu achamos que estávamos ficando malucos!

– E Putz e eu achamos isso também! – rugiu o capitão.

– Talvez todos tenhamos ficado malucos – respondeu Jarvis, com um sorriso fraco para o rosto pálido do pequeno francês, que voltou a ficar em silêncio. – De qualquer maneira – continuou ele –, Tweel estava guinchando e apontando para a imagem, e dizia "Tick! Tick!", pois reconhecia a semelhança, e não se preocupe com a fratura do meu nariz! – ele avisou o capitão. – Foi Leroy quem fez o importante comentário; ele olhou para o marciano e disse "Thoth! O deus Thoth!"

– *Oui!* – confirmou o biólogo. – *Comme l'Egypte!*

– Sim – disse Jarvis. – Como o deus egípcio com cabeça de íbis, aquele que tem o bico. Bom, assim que Tweel ouviu o nome Thoth ele começou um clamor de gorjeios e chiadeiras. Ele apontou para si mesmo e disse "Thoth! Thoth!", e então acenou o braço para todos os lados e repetiu o que disse. Claro, ele sempre fazia coisas estranhas, mas nós dois pensamos ter entendido o que ele queria dizer. Ele estava tentando nos dizer que sua raça se chamava Thoth. Vocês entendem aonde estou chegando?

— Entendo muito bem — disse Harrison. — Você acha que os marcianos visitaram a Terra, e que os egípcios se lembraram disso em sua mitologia. Bom, você está enganado então; não havia nenhuma civilização egípcia quinze mil anos atrás.

— Errado! — exclamou Jarvis. — É uma pena não termos um arqueólogo aqui, mas Leroy me disse que havia uma civilização na Idade da Pedra no Egito, a civilização do período pré-dinástico.

— Bom, mesmo assim, o que isso tem a ver?

— Muito! Tudo naquela imagem prova o meu ponto. A atitude do marciano, oprimida e cansada, essa é a força não natural da gravidade terrestre. O nome Thoth; Leroy me disse que Thoth era o deus egípcio da filosofia e o inventor da escrita! Entende? Eles devem ter pegado a ideia ao observar o marciano tomar notas. É coincidência demais Thoth ter bico e cabeça de íbis, e os marcianos bicudos se chamarem de Thoth.

— Bom, que o diabo me leve! Mas e o nariz no egípcio? Você quer me dizer que na Idade da Pedra os egípcios tinham narizes mais compridos do que os homens comuns?

— Claro que não! É só que os marcianos, de maneira bastante natural, fizeram suas pinturas de maneira marciana. Os humanos não têm a tendência de relacionar tudo consigo mesmo? É por isso que dugongos e peixes-bois deram origem à lenda das sereias; marinheiros pensaram ter visto características humanas nas bestas. O mesmo aconteceu com o artista marciano, desenhando com base nas descrições ou nas fotografias imperfeitas, naturalmente exagerando o tamanho do nariz humano a um grau que parecia normal para ele. Pelo menos, esta é a minha teoria.

– Bom, isso serve como uma teoria – resmungou Harrison. – O que eu quero saber é por que vocês dois voltaram parecendo dois pássaros que caíram do ninho.

Jarvis estremeceu de novo, e lançou outro olhar para Leroy. O pequeno biólogo estava recuperando um pouco da postura habitual, mas devolveu o olhar como um eco do estremecimento do químico.

– Vamos chegar a essa parte – voltou a falar o último. – Enquanto isso, vou me ater a Tweel e seu povo. Passamos a maior parte dos três dias com eles, como sabem. Não posso dar todos os detalhes, mas vou resumir os fatos importantes e relatar nossas conclusões, o que pode não ter muito valor. É difícil julgar este mundo seco pelos padrões terráqueos.

"Tiramos fotos de tudo o que foi possível; eu até tentei fotografar o gigantesco mural da biblioteca, mas, a menos que a luz de Tweel fosse extraordinariamente rica em raios actínicos, não acho que a imagem vá ser boa. E isso é uma pena, pois sem dúvida é o objeto mais interessante que encontramos em Marte, pelo menos do ponto de vista humano.

"Tweel foi um anfitrião bastante cortês. Ele nos levou a lugares de interesse, até mesmo às novas obras de água."

Os olhos de Putz se iluminaram ao ouvir aquilo.

– *Vater-vorks*? – repetiu ele. – Para *vot*?

– Para o canal, naturalmente. Eles precisaram construir uma nascente de água para que a água corresse, isso é óbvio. – Ele olhou para o capitão. – Você mesmo me disse que conduzir a água das calotas polares de Marte para a Linha do Equador era o equivalente a forçar a água a subir uma montanha de trinta quilômetros, pois Marte é achatado nos polos e protuberante no equador, assim como a Terra.

– Isso é verdade – concordou Harrison.

– Bom – Jarvis voltou a falar –, essa cidade foi uma das estações de retransmissão para aumentar o fluxo. A usina de energia deles era a única das construções gigantes que parecia servir para algum propósito útil, e isso vale a pena ser visto. Eu queria que você tivesse visto aquilo, Karl; você vai ter que aproveitar as fotos o máximo que conseguir. É uma usina de energia solar!

Harrison e Putz arregalaram os olhos.

– Energia solar! – resmungou o capitão. – Isso é primitivo!

E o engenheiro acrescentou um empático *"Ja!"*, concordando.

– Não tão primitivo quanto tudo aquilo – corrigiu Jarvis. – A luz do Sol focava em um cilindro estranho no centro de um grande espelho côncavo, e eles extraíam a corrente elétrica dali. A eletricidade fazia as bombas funcionarem.

– Um *t'ermocouple*! – exclamou Putz.

– Isso parece razoável; você poderá analisar isso através das imagens. Mas a usina de energia tinha algumas coisas estranhas. A mais esquisita de todas era que o maquinário era vigiado, não pelo povo de Tweel, mas por algumas das criaturas em forma de barris como aquelas que encontramos no *Xanthus*!

Ele olhou ao redor, para os rostos de seus ouvintes; não houve nenhum comentário.

– Entendem? – retomou ele.

Como eles continuaram em silêncio, ele prosseguiu.

– Estou vendo que não entendem. Leroy foi quem descobriu, mas se ele está certo ou errado, eu não sei. Ele acha que a raça dos barris e a do Tweel têm uma combinação recíproca como... Bom, como as abelhas e flores na Terra. As flores fornecem mel para as abelhas; as abelhas carregam o pólen para as flores. Entendem? Os barris vigiam os trabalhos e o povo de Tweel constrói o sistema dos canais. A cidade *Xanthus* deve ter sido a estação de reforço; isso explica as máquinas misteriosas que vi. E Leroy acredita ainda que não é um acordo inteligente, não da parte dos barris, pelo menos, mas que foi feito há tantos milhares de gerações que se tornou algo instintivo, um tropismo, exatamente como as ações das formigas e abelhas. As criaturas foram criadas para isso!

– Maluquice! – observou Harrison. – Vamos ouvir a sua explicação sobre o motivo para aquela grande cidade estar vazia, então.

– Claro. A civilização de Tweel é decadente, esse é o motivo. É uma raça em extinção, e de todos os milhões que devem ter vivido lá, as poucas centenas de companheiros de Tweel são os que sobraram. Eles são um posto avançado, deixado para vigiar a fonte de água da calota polar; provavelmente ainda existem algumas cidades respeitáveis em algum sistema de canais, mais provavelmente perto dos trópicos. É o último suspiro de uma raça. Uma raça que alcançou um pico mais alto de cultura do que o homem!

– Hã? – exclamou Harrison. – Então por que eles estão morrendo? Por falta de água?

– Acho que não – respondeu o químico. – Se meu palpite sobre a idade da cidade estiver certo, quinze mil anos não fariam grande diferença no fornecimento de água, nem cem mil anos, diga-se de passagem. É alguma outra coisa, embora a água sem dúvida seja um fator.

– *Das wasser* – interrompeu Putz. – Vai para *dot*?

– Até mesmo um químico saberia essa resposta! – zombou Jarvis. – Pelo menos na Terra. Aqui, não tenho muita certeza, mas na Terra, sempre que há um relâmpago, ele eletrolisa um pouco de vapor de água em hidrogênio e oxigênio, e então o hidrogênio escapa no espaço, porque a gravitação terrestre não o segura permanentemente.

E sempre que acontece um terremoto, um pouco de água é perdida no interior. Devagar, mas certamente é perdida.

Ele se virou para Harrison.

– Certo, capitão?

– Certo – concordou o capitão. – Mas aqui, claro, como não existem terremotos, nem tempestades, a perda deve ser bem vagarosa. Então, por que a raça está morrendo?

– A usina de energia solar é a resposta – disse Jarvis. – Falta de combustível! Falta de energia! Não sobrou petróleo, não sobrou carvão, se é que Marte algum dia teve um Período Carbonífero, e nenhuma energia hídrica, apenas as gotas de energia que conseguem obter do Sol. É por isso que eles estão morrendo.

– Com a energia ilimitada do átomo? – soltou Harrison.

– Eles não sabem sobre a energia atômica. Provavelmente nunca souberam. Devem ter usado outro princípio em sua aeronave.

– Então – soltou o capitão –, o que faz você avaliar a inteligência deles como superior à inteligência humana? Nós finalmente abrimos o átomo!

– Certamente fizemos isso. Mas tínhamos uma pista, não é? Rádio e urânio. Você acha que conseguiríamos fazer isso sem esses elementos? Nós nunca nem suspeitaríamos que a energia atômica existia!

– E? Eles suspeitaram?

– Não, eles não suspeitaram. Você mesmo me disse que Marte tem apenas setenta e três por cento da densidade da Terra. Até mesmo um químico consegue ver que isso significa falta de metais pesados; não tem ósmio, nem urânio, nem rádio. Eles não tinham nenhuma ideia.

– Mesmo assim, isso não prova que eles sejam mais avançados do que nós. Se eles fossem mais avançados, descobririam isso de qualquer maneira.

– Talvez – concordou Jarvis. – Não estou alegando que nós não os superamos em algumas coisas. Mas, em outras, eles estão bem à nossa frente.

– Em que, por exemplo?

– Bom, socialmente, por exemplo.

— Hã? Como assim?

Jarvis olhou para cada um dos três que o encaravam. Ele hesitou.

— Fico me perguntando como vocês vão entender isso — murmurou ele. — Naturalmente, todo mundo gosta mais do próprio sistema.

Ele franziu a testa.

— Vejam bem, na Terra temos três tipos de sociedade, não é? E temos um membro de cada tipo bem aqui. Putz vive sob um regime ditatorial, uma autocracia. Leroy é um cidadão da Sexta Comuna da França. Harrison e eu somos americanos, membros de uma democracia. Vejam só: autocracia, democracia, comunismo. Três tipos de sociedades terráqueas. O povo de Tweel tem um sistema totalmente diferente do nosso.

— Diferente? Qual é o sistema?

— Aquele que nenhuma nação terrestre jamais experimentou. A anarquia!

— Anarquia! — o capitão e Putz disseram juntos.

— Isso mesmo.

— Mas — Harrison estava falando — o que você quer dizer com eles estarem à nossa frente? Anarquia! Que bobagem!

— Isso mesmo, que bobagem! — retrucou Jarvis. — Não estou dizendo que funcionaria para nós, ou para qualquer raça humana. Mas funciona para eles.

— Mas, anarquia!

O capitão estava indignado.

— Bom, quando você analisa com cuidado — argumentou Jarvis, defensivo —, a anarquia é a forma de governo ideal, se ela funcionar. Emerson disse que o melhor governo era aquele que menos governa, e Wendell Phillips concorda com ele, e acho que George Washington também. E não existe nenhuma forma de governo que governe menos do que a anarquia, que é não ter governo algum!

O capitão falava de maneira precipitada.

– Mas não é natural! Até mesmo as tribos selvagens têm seus chefes. Até mesmo uma matilha de lobos tem seu líder!

– Bom – respondeu Jarvis, de maneira desafiadora –, isso só prova que o governo é um instrumento primitivo, não? Com uma raça perfeita não seria necessário governo algum; governo é uma confissão de fraqueza, não é? É uma confissão de que parte das pessoas não coopera com o restante e de que são necessárias leis para restringir tal tipo de indivíduo que um psicólogo chama de antissocial. Se não houvesse pessoas antissociais, ou seja, criminosos e pessoas desse tipo, não seriam necessárias leis ou policiais, não é?

– Mas o governo! Seria necessário ter governo! E os trabalhos públicos, as guerras, os impostos?

– Não há guerra em Marte, embora tenha recebido seu nome em homenagem ao Deus da Guerra. Não há por que existir guerra aqui. A população é pequena demais e dispersa; além disso, a ajuda de cada comunidade é necessária para manter o sistema de canais funcionando. Não existem impostos porque, aparentemente, todos os indivíduos cooperam na construção das obras públicas. Não há nenhuma competição para causar problemas, porque qualquer pessoa pode ajudar em qualquer coisa. Como eu disse, com uma raça perfeita o governo é totalmente desnecessário.

– E você considera os marcianos uma raça perfeita? – perguntou o capitão, em tom sério.

– De maneira alguma! Mas eles existem há mais tempo do que o homem e por isso são evoluídos, pelo menos socialmente, a ponto de não precisarem do governo. Eles trabalham juntos, é isso – Jarvis parou de falar. – Estranho, não é? Como se a Mãe Natureza estivesse fazendo dois experimentos, um em casa e outro em Marte. Na Terra é o teste de uma raça emocional, altamente competitiva em um mundo de plenitude; e aqui o teste em uma raça tranquila, amigável, em um mundo deserto, improdutivo e inóspito. Tudo aqui pede cooperação. Ora, não existe nem mesmo o fator que causa tanto problema lá em casa, o sexo!

– Hã?

– Sim, o povo de Tweel se reproduz como os barris das cidades enlameadas; dois indivíduos se aproximam e um terceiro surge no meio deles. Uma outra prova da teoria de Leroy de que a vida marciana não é animal nem vegetal. Além disso, Tweel foi um anfitrião bom o suficiente para deixar Leroy examinar seu bico e suas penas, e o exame convenceu Leroy.

– *Oui* – confirmou o biólogo. – É verdade.

– Mas, anarquia! – murmurou Harrison, enojado. – Ela se destacaria em uma bola confusa, meio morta, como Marte!

– Ainda levaria muitos séculos antes de precisarmos nos preocupar com isso na Terra. – Jarvis sorriu.

Ele retomou sua narrativa.

– Bem, vagamos pela cidade sepulcral, tirando fotos de tudo. E então – Jarvis parou de falar e estremeceu – tive um desejo repentino de dar uma olhada naquele vale que vimos do foguete. Não sei por quê. Mas quando tentamos virar Tweel naquela direção, ele começou a grasnir e guinchar tanto que achei que ele tinha ficado maluco.

– Como se isso fosse possível! – soltou Harrison.

– Então, nós nos dirigimos para lá sem ele; ele continuou gritando "não, não, não! Tick!", mas aquilo nos deixou ainda mais curiosos. Ele voou sobre nossas cabeças e aterrissou de bico, e disse mais uma dúzia de disparates, mas nós continuamos em frente, e finalmente ele desistiu e arrastou-se inconsolável ao nosso lado.

"O vale não ficava a mais do que um quilômetro e meio a sudeste da cidade. Tweel poderia ter percorrido aquela distância em vinte saltos, mas ele se demorava e andava lentamente, apontando para a cidade e resmungando 'não, não, não!'. E então ele saltava no ar e aterrissava de bico bem na nossa frente, e nós tínhamos que contorná-lo para seguir em frente. Eu já o tinha visto fazer várias loucuras antes, claro; eu estava acostumado com elas, mas era óbvio que ele não queria que víssemos aquele vale."

– Por quê? – perguntou Harrison.

– Você perguntou por que voltamos nesse estado – disse Jarvis com um suspiro fraco. – Você já vai saber. Subimos uma colina rochosa que delimitava o vale, e quando nos aproximamos do topo, Tweel disse: 'não respire, Tick! Não respire!'. Ora, aquelas eram as palavras que ele usava para descrever o monstro de silício, eram também as palavras que ele usara para me dizer que a imagem de Fancy Long, aquela que quase me seduzira para a besta dos sonhos, não era real. Eu me lembrava disso, mas aquilo não significava nada para mim, naquele momento.

"Logo depois daquilo, Tweel disse: 'você um-um-dois, ele um-um-dois', e então comecei a entender. Aquela era a frase que ele usara para explicar sobre a besta dos sonhos, para me dizer que o que eu pensava, a criatura também pensava; para me dizer como a coisa seduzia suas vítimas fazendo uso de seus próprios desejos. Assim, avisei Leroy; me parecia que nem mesmo a besta dos sonhos poderia ser perigosa se estivéssemos avisados e esperando por ela. Bom, eu estava errado!

"Quando chegamos ao cume, Tweel virou completamente a cabeça, de maneira que seus pés estavam voltados para a frente, mas seus olhos para trás, como se ele temesse olhar para o vale. Leroy e eu ficamos encarando aquilo, apenas uma imensidão cinzenta como esta que está à nossa volta, com o brilho da calota polar sul muito além de sua borda ao sul. Foi isso o que vimos em um segundo; no segundo seguinte enxergamos... o Paraíso!"

- O quê? - perguntou o capitão.

Jarvis olhou para Leroy.

- Você consegue descrevê-lo? - perguntou ele.

O biólogo acenou as mãos inutilmente.

- *C'est impossible*! - sussurrou ele. - *Il me rend muet*!

- Eu também não tenho palavras - murmurou Jarvis. - Não sei como dizer isso; sou químico, e não poeta. Paraíso é a melhor palavra que consigo pensar, e isso não é nem um pouco certo. Era o Paraíso e o Inferno ao mesmo tempo!

- Quer fazer o favor de explicar? - rosnou Harrison.

- Vou explicar o que fizer sentido. Estou dizendo, em um momento estávamos olhando para um vale cinzento, coberto por leguminosas, e no momento seguinte... Deus! Vocês não podem imaginar o que vimos no momento seguinte! Sabe aquele desejo de ver todos os seus sonhos se tornarem realidade? Cada desejo de vocês ser realizado? Tudo o que você sempre quis ali, para você desfrutar?

- Eu ia gostar disso! - disse o capitão.

- Pois bem, então! Não apenas os seus desejos mais nobres, lembre-se! Cada impulso bom, sim, mas também cada pequeno desejo sórdido, cada pensamento perverso, tudo o que você deseja, de ruim ou de bom! As bestas do sonho são vendedoras maravilhosas, mas não têm senso moral.

- Bestas dos sonhos?

- Sim. Era um vale de bestas. Centenas, eu acho, talvez milhares. O suficiente, de qualquer forma, para espalhar uma imagem completa de seus desejos, até mesmo daqueles esquecidos que foram extraídos de seu subconsciente. Um Paraíso... de espécies! Vi uma dezena de Fancy Longs, usando os trajes que admirei nelas, e alguns deles eu devo ter imaginado. Vi todas as mulheres bonitas que já conheci, e todas elas imploravam por minha atenção. Vi todos os lugares adoráveis nos quais já quis estar, todos juntos naquele estranho pequeno vale. E vi outras coisas. – Ele sacudiu a cabeça seriamente. – Nem tudo era bonito. Deus! Quanto da besta resta em nós! Acho que se cada homem vivo pudesse dar uma olhada naquele vale estranho, e pudesse apenas uma vez ver a maldade escondida nele, bem, o mundo talvez ganhasse com isso. Depois agradeci aos céus por Leroy e até mesmo Tweel terem visto suas próprias imagens e não a minha!

Jarvis parou de novo, e então voltou a falar:

– Fiquei zonzo, em um tipo de êxtase. Fechei os olhos, e com eles ainda fechados, vi a coisa toda! Aquela paisagem linda, maligna e diabólica estava em minha mente, e não em meus olhos. É assim que esses demônios funcionam, através da mente. Eu sabia que era uma besta dos sonhos. Eu não precisava que Tweel dissesse "não respire! Não respire!". Mas eu não conseguia ficar longe! Eu sabia que era a morte rondando, mas valia a pena por ter um momento com aquela visão.

– Qual visão em particular? – perguntou Harrison, de maneira seca.

Jarvis ficou corado.

– Não importa – disse ele. – Mas ao meu lado ouvi Leroy gritar "Yvonne! Yvonne!", e eu sabia que ele estava preso, assim como eu. Eu lutava por sanidade; eu ficava me dizendo para parar, e durante todo o tempo eu estava correndo de cabeça para a armadilha!

"Então, alguma coisa me fez tropeçar. Tweel! Ele veio saltando de trás; quando caí, eu o vi passar por mim direto para... o lugar para onde eu estava correndo, com seu bico cruel apontado diretamente para o coração dela!"

– Ah! – assentiu o capitão. – O coração dela!

– Esqueça isso. Quando me levantei, aquela imagem particular tinha desaparecido, e Tweel estava enrolado em braços negros em forma de corda, assim como na primeira vez que o vi. Ele perdera um ponto vital na anatomia da besta, mas atacava desesperadamente com o bico.

"De alguma forma, o feitiço foi suspenso, ou parcialmente suspenso. Eu estava a menos de um metro de Tweel, e foi difícil, mas consegui levantar o revólver e descarregar um cartucho de Boland na besta. Dali irrompeu uma putrefação negra terrível, encharcando Tweel e eu, e acho que o odor nauseante dela ajudou a destruir a ilusão daquele vale da beleza. De qualquer maneira, conseguimos tirar Leroy do demônio que se apossara dele, e nós três cambaleamos até o cume e passamos por ele. Tive cabeça o suficiente para levantar a câmera sobre a crista e tirar uma foto do vale, mas aposto que a foto não vai mostrar nada além de uma imensidão cinzenta e horrores contorcidos. O que vimos foi com a mente, e não com os olhos."

Jarvis parou de falar e estremeceu.

– O bruto Leroy meio envenenado – continuou ele. – Nós nos arrastamos de volta até o auxiliar, chamamos vocês e fizemos o que pudemos para nos recompor. Leroy tomou uma grande dose de conhaque que levamos conosco; não nos atrevemos a experimentar nada do Tweel porque seu metabolismo é tão diferente do nosso que o que o cura pode nos matar. Mas o conhaque pareceu funcionar, e então, depois de eu ter feito mais uma coisa que eu queria fazer, voltamos para cá. E isso é tudo.

– Isso é tudo? Verdade? – perguntou Harrison. – Então vocês solucionaram todos os mistérios de Marte, não é?

– De maneira alguma! – respondeu Jarvis. – Muitas perguntas foram deixadas sem respostas.

– *Ja!* – respondeu Putz. – *Der* evaporação, como foi que *parrou*?

– Nos canais? Também fiquei tentando descobrir; naqueles milhares de quilômetros, e contra essa baixa pressão do ar, é de se pensar que perderiam muito. Mas a resposta é simples; eles lançam uma camada de óleo na água.

Putz assentiu, mas Harrison interrompeu.

– Eis aqui um enigma. Com apenas carvão e óleo, apenas combustão ou energia elétrica, onde eles conseguiriam energia para construir um sistema de canais do tamanho do planeta, a milhares e milhares de quilômetros deles? Pense no trabalho que tivemos cortando o Canal do Panamá para chegar ao nível do mar, e então responda isso!

– Fácil! – Jarvis sorriu. – A gravidade marciana e o ar marciano, essa é a resposta. Veja só: primeiro, a terra que eles cavaram pesava apenas um terço do peso terrestre. Segundo, uma máquina a vapor aqui se expande contra dez libras por polegada quadrada a menos que a pressão do ar do que na Terra. Terceiro, eles poderiam construir um motor três vezes maior aqui sem nenhum peso interno extra. E, quarto, o planeta todo é praticamente nivelado. Certo, Putz?

O engenheiro assentiu.

– *Ja! Der fumacha*, motor, é *sieben-und zwanzig*, vinte e sete vezes mais eficiente aqui.

– Bom, resolvemos o último mistério então – comentou Harrison.

– Sério? – perguntou Jarvis, em tom de sarcasmo. – Então, responda a estas perguntas. Qual era a natureza da vasta cidade-fantasma? Por que os marcianos precisam dos canais, já que nunca os vemos beber ou comer? Será que eles realmente visitaram a Terra antes do surgimento da história e, se não foi a energia atômica, o que moveu a aeronave deles? Já que a raça de Tweel parece precisar de pouca ou nenhuma água, será que eles operam os canais simplesmente para criaturas superiores que precisam da água? Existem outras vidas inteligentes em Marte? Se não existem, o que era o diabinho que vimos com o livro? Aí estão alguns mistérios para você desvendar.

– Eu tenho mais um ou dois – rugiu Harrison, olhando subitamente para o pequeno Leroy. – Você e suas visões! Yvonne, não é? O nome da sua esposa não é Marie?

O pequeno biólogo enrubesceu.

– *Oui* – admitiu ele, com tristeza.

Ele olhou suplicante para o capitão.

– Por favor – disse ele. – Em Paris *tout le monde*, todo mundo pensa diferente sobre essas coisas, não? – Ele se mexeu, desconfortável. – Por favor, não conte nada para Marie, *n'est-ce pas*?

Harrison riu.

– Não tenho nada com isso – disse ele. – Mais uma pergunta, Jarvis. O que foi a outra coisa que você fez antes de voltar para cá?

Jarvis parecia hesitante.

– Ah, isso.

Ele hesitou.

– Bom, eu meio que achei que devíamos muito a Tweel. Assim, depois de alguma confusão, nós o convencemos a entrar no foguete e o levamos até os destroços do primeiro, lá em *Thyle II*. Lá – continuou ele, em tom de desculpa – mostrei a ele a combustão atômica, a fiz funcionar e dei a ele!

– Você fez o quê? – rugiu o capitão. – Como foi dar algo tão poderoso quanto aquilo para uma raça alienígena, que talvez um dia se torne uma raça inimiga?

– Sim, fiz isso – disse Jarvis. – Olhe aqui – argumentou ele, na defensiva –, essa bola miserável e seca de deserto chamada Marte nunca vai tolerar a população humana. O deserto do Saara é um campo bom o suficiente para o imperialismo, e muito mais perto de casa. Então, nunca teremos a raça de Tweel como inimiga. O único valor que encontraremos aqui é a troca comercial com os marcianos. Então, por que eu não poderia dar a Tweel uma chance de sobreviver? Com energia atômica, eles podem operar seu sistema de canais em cem por cento em vez de apenas um quinto, como as observações de Putz mostraram. Eles podem repovoar aquelas cidades-fantasmas;

eles podem retomar suas artes e indústrias; eles podem negociar com nações da Terra, e aposto que eles podem nos ensinar algumas coisas – ele parou de falar –, se eles conseguirem operar a combustão atômica, e aposto que conseguirão. Eles não são tolos, Tweel e seus marcianos cara de avestruz!

FUGA EM TITÃ

O vendaval rugia incessantemente como todas as almas atormentadas desde o despontar da criação, levando os dois a escorregar e cair no abrigo momentâneo de uma crista de gelo. Uma nuvem de gelo passou por eles, no tom do arco-íris, na noite brilhante, e o frio de menos sessenta graus abaixo de zero atingiu a borracha esponjosa de seus trajes.

A garota colocou seu visor perto do capacete do homem e disse, com firmeza:

– Este é o fim, não é, Tim? Porque, se for, estou feliz de ter vindo com você. Estou feliz por estarmos juntos.

O homem gemeu desesperado e a explosão cortou a madeira. Ele se virou para o lado, pensando com remorso no passado.

O ano de 2142, como a maioria das pessoas se lembra, foi desastroso para o mundo financeiro. Era o ano do colapso da *Planetary Trading Corporation* e o ano que acompanhou a depressão resultante.

A maioria de nós se lembra dos dois anos históricos de especulações que precederam o colapso. Esses anos seguiram o desenvolvimento final da *Hocken Rocket* em 2030, a anexação da árida e inútil Lua pela Rússia, e a descoberta pelas expedições internacionais da civilização morta de Marte e de uma outra primitiva em Vênus. Foi o relatório de Vênus que levou à formação do PTC e do fracasso que o acompanhou.

Ninguém sabe agora quem deve ser culpado. Todos os membros daquelas expedições intrépidas sofreram sob a nuvem; dois deles foram assassinados em Paris há pouco mais de um ano, provavelmente por investidores vingativos da *Planetary*. O ouro faz tais coisas com

Stanley G. Weinbaum

os homens; eles assumem riscos malucos com o que têm, perseguindo uma visão do que esperam ter e, quando a crise chega, viram qualquer bode expiatório que tenha o azar de ser útil.

De qualquer forma, independentemente da responsabilidade, iniciou-se um rumor de que o ouro era tão comum em Vênus quanto o ferro na Terra – e então o estrago estava feito. Ninguém parou para pensar que a densidade do planeta é menor do que a da Terra, e que o ouro, ou qualquer metal pesado, deveria ser ainda mais raro lá, se não totalmente ausente, como era na Lua.

Os rumores se espalharam como uma epidemia, e histórias começaram a surgir de que membros das expedições voltaram ricos. Tudo o que se precisava fazer, ao que parecia, era trocar miçangas e canivetes com os nativos venusianos prestativos, por taças de ouro, martelos de ouro e bibelôs de ouro.

As ações da rapidamente organizada *Planetary Trading Corporation* dispararam de um par de cinquenta para um pico de treze mil. Vastas fortunas de papel foram feitas; o mundo civilizado entrou em um frenesi de fervor especulativo; os preços de tudo dispararam – de comida, aluguel, vestimentas, maquinaria – em antecipação a uma enxurrada de novo ouro.

Todos nos lembramos do que aconteceu. As duas primeiras expedições de negociação da *Planetary* atrás do ouro pareceram longas e árduas. Eles encontraram os nativos; eles os encontraram bastante interessados nas miçangas e nos canivetes, mas também bastante destituídos de ouro. Trouxeram de volta pequenos entalhes perfeitos e uma quantia de prata, registros científicos valiosos, e uma grande quantidade de pedras semelhantes a peras que pegaram nos mares venusianos – mas nenhum ouro. Nada para pagar os dividendos aos acionistas ávidos; nada para amparar a estrutura de preços inflada por rumores, que caiu tão rapidamente quanto as ações da *Planetary*, quando a verdade veio à tona.

O colapso afetou tanto investidores quanto não investidores, entre eles Timothy Vick e sua esposa canadense, Diane. A primavera de 2142 os encontrou olhando um para o outro em seu apartamento em Nova Iorque, sem nenhum tostão, e nas profundezas do desespero. Os empregos desapareceram e a habilidade de Tim como vendedor de conjuntos de visões era totalmente inútil em um mundo em que ninguém podia se dar ao luxo de comprá-los. Por isso, os dois ficavam sentados se encarando desesperados, e falavam muito pouco.

Tim, por fim, quebrou o silêncio melancólico.

– Di – disse ele –, o que faremos depois que tudo acabar?

– Nosso dinheiro? Tim, alguma coisa vai acontecer antes disso. Precisa acontecer!

– Mas, e se não acontecer?

Como ela ficou em silêncio, ele continuou:

– Não vou ficar sentado esperando. Vou fazer alguma coisa.

– O que, Tim? O que pode ser feito?

– Eu sei! – ele abaixou o tom de voz. – Di, você se lembra daquela pedra preciosa estranha que a expedição do governo trouxe do Titã? Aquela pela qual a sra. Advent pagou meio milhão de dólares, só para poder usá-la para assistir à ópera?

– Eu me lembro da história, Tim. Nunca ouvi falar do Titã.

– Uma das luas de Saturno. Propriedade dos Estados Unidos; existe um acordo confirmatório sobre isso. É habitável.

– Ah! – disse ela, intrigada. – Mas, o que tem isso?

– Simples assim: no ano passado, meia dúzia de negociantes foi até lá atrás de mais pedras. Um deles voltou hoje com cinco delas; eu vi isso no noticiário. Ele está rico, Di. Aquelas coisas são impagáveis.

Diane começou a entender.

– Tim! – disse ela, com a voz rouca.

– Sim. Essa é a ideia. Eu vou deixar tudo o que eu puder com você, menos o dinheiro que precisarei levar, e vou passar um ano lá. Estudei sobre o Titã; sei o que levar. – Ele parou de falar. – Está chegando perto do Perigeu agora. Em uma semana, um foguete parte para *Nivia*, onde fica o assentamento.

– Tim! – murmurou Diane de novo. – O Titã, ah, eu ouvi falar sobre ele! É aquele, aquele que é frio, não é?

– Tão frio quanto o Inferno de Dante – respondeu Tim.

Ele viu seus lábios formarem uma palavra de protesto e seus olhos azuis se estreitarem e adotarem um tom teimoso.

Ela mudou suas palavras não pronunciadas.

– Vou com você – disse ela.

Seus olhos castanhos se estreitaram para encontrar os dele.

Diane vencera. Aquilo estava acabado agora – as longas horas de argumentação, a submissão final, os meses de ar insuportavelmente abafado fora do foguete, a luta laboriosa para erguer a minúscula cabana hemisférica com paredes de metal que serviu de alojamento. O foguete os deixara, com carga e tudo, em um ponto determinado depois de uma longa conferência lá na Terra com Simonds, o negociante que retornou.

Ele era um tipo agradável, mas bastante desencorajador; sua descrição sobre o clima no Titã soara mais como a descrição verbal do Inferno esquimó. E ele também não exagerara; Tim percebia agora e amaldiçoava a fraqueza que o fez ceder à insistência de Diane.

Bom, ali estavam eles. Ele fumava o único cigarro diário que lhe era permitido, e Diane lia em voz alta sobre a história do mundo, que ela levara porque tinha umas mil páginas e a leitura duraria um longo tempo. Do lado de fora estava a inacreditável noite de Titã, com seu vendaval habitual de cento e sessenta quilômetros urrando contra as paredes curvadas, e o brilho das montanhas geladas revelando-se verdes sob a luminosidade de Saturno, com seus anéis visíveis de ponta a ponta do satélite já que giram no mesmo plano.

Além das Montanhas dos Amaldiçoados, assim nomeadas por Young, o descobridor, a uns cento e sessenta quilômetros de distância, ficava *Nivia*, a Cidade da Neve. Mas eles podiam muito bem estar, também, em um planeta da estrela de Van Maanen desde que perderam contato com os humanos; certamente ninguém poderia sobreviver a uma jornada através deste planeta durante a noite, normalmente com temperatura de sessenta graus abaixo de zero, ou até mesmo de dia, que às vezes atingia um calor ameno de poucos graus acima de zero. Não; eles estavam abandonados ali até que o foguete voltasse no próximo ano.

Tim tremeu quando o rugido de uma montanha em movimento soou acima do barulho do vento. Aquilo era bastante comum ali; elas sempre mudavam de lugar embaixo da enorme maré do gigante Saturno e da força incrível do vento. Mas era inquietante, no mínimo; era um perigo constante para sua pequena moradia.

– Brrr! – estremeceu ele. – Ouça isso!

Diane olhou para cima.

– Ainda não se acostumou com isso, depois de três meses?

– E nunca vou me acostumar! – respondeu ele. – Que lugar é este!

Ela sorriu.

– Já sei o que vai animar você – disse ela, levantando-se.

Em uma caixa de lata ela pegou uma cascata de fogo.

– Veja, Tim! Seis delas. Seis orquídeas flamejantes!

Ele olhou para os ovos brilhantes de luz. Como o rubor da própria vida, os anéis de arco-íris rolavam em centenas de tonalidades sob suas superfícies. Diane passou a mão sobre eles, e eles responderam ao seu calor com uma chama de cores mutáveis que varreu todo o teclado do espectro, vermelhos se transformando em azuis, violeta, verdes e amarelos, e então laranja e escarlate em tom de sangue.

– São lindas! – sussurrou Tim, olhando fascinado. – Não é de se admirar que mulheres ricas sejam capazes de morrer secas por elas. Diane, vamos guardar uma, a mais linda, para você.

Ela riu.

– Tem outras coisas que eu preferia ter, Tim.

Uma batida foi ouvida sobre o uivo do vento. Eles sabiam o que significava; Tim se levantou e espiou pela janela reforçada a noite brilhante e, depois de um tempo piscando, percebeu o corpo de um metro de um nativo esparramado na frente da porta, com suas garras cônicas enganchadas no gelo. Em Titã, claro, nenhuma criatura conseguia se manter ereta resistindo àquelas perpétuas rajadas de vento, nenhuma criatura, com exceção do homem, um recém-chegado de um mundo mais gentil.

Tim abriu a porta, deslizando-a mais amplamente, centímetro por centímetro em sua corrente de retenção, já que a força muscular seria insuficiente para segurá-la. O vento entrou com alegria, varrendo os utensílios pendurados nas paredes e fazendo um coro retumbante, girando uma roupa solta em uma dança louca, congelando o ar até a amargura.

O nativo deslizou como uma morsa, seu corpo aerodinâmico brilhando como o de uma foca com suas duas polegadas de camada protetora de carne gordurosa. Quando Tim fechou a porta, a criatura ergueu as pálpebras transparentes de seus olhos, e eles se mostraram grandes, luminosos e caninos.

Era um Titã nativo, não muito mais inteligente do que um cachorro são-bernardo, talvez, mas sossegado e inofensivo, lindamente adaptado a seu ambiente proibido, e a maior forma de vida conhecida até agora em Titã.

Ele enfiou a mão na abertura da bolsa em suas costas emborrachadas.

– Ãh! – disse ele, mostrando um ovoide branco.

Quando o ar consideravelmente quente do cômodo o atingiu, a orquídea de fogo começou a brilhar em cores encantadoras.

Diane pegou-a; na palma das mãos as cores mudam mais rapidamente, intensificando-se gloriosamente. Era pequena, não muito maior do que um ovo de tordo, mas perfeita, exceto pelo lugar onde estivera presa a alguma rocha gelada.

– Ah! – exclamou ela. – Que beleza, Tim!

Ele sorriu.

– Não é assim que se negocia.

Ele pegou uma mala preta que continha seus bens de negociação, abrindo-a para mostrar os pequenos espelhos, facas, miçangas, fósforos e outras bugigangas impossíveis de descrever.

Os olhos negros como carvão do nativo brilharam avidamente; ele olhou de um artigo para o outro em uma agonia indecisa. Tocou os itens com seus três dedos em forma de garras; arrulhou com a voz rouca. Seus olhos vagaram pela sala.

– Lá! – ele disse de maneira abrupta, apontando.

Diane caiu em uma risada repentina. Ele indicava um relógio de oito dias, velho e surrado, bastante inútil para o casal pois só marcava o horário da Terra. Talvez o barulho o tenha atraído.

– Ah, não! – Ela riu. – Isso não serve para você. Tome!

Ela mostrou para ele uma caixa de bugigangas.

– Uga! Lá!

O nativo era insistente.

– Então, tudo bem!

Ela passou o relógio para ele; ele o segurou perto dos ouvidos cobertos por pele e escutou. Ele arrulhou.

De maneira impulsiva, Diane pegou um canivete na caixa.

– Tome – disse ela –, não vou enganar você. Leve isto também.

O nativo gorgolejou. Ele abriu a lâmina brilhante com suas garras em forma de gancho, fechou-o e guardou o objeto com cuidado na bolsa que carregava nas costas, colocando o relógio depois. A bolsa formou uma protuberância como uma pequena corcunda e ele se virou e andou apressadamente na direção da porta.

– Ãh! – disse ele.

Tim abriu a porta para ele, observando pela janela enquanto ele escorregava pela encosta, com o nariz pontudo apontado para o vento enquanto se movia de lado.

Tim olhou para Diane.

– Extravagância! – Ele sorriu.

– Ah, um canivete de cinquenta centavos em troca disto!

Ela acariciou a joia.

– Cinquenta centavos lá em casa – ele a lembrou. – É só lembrar o que pagamos pelo frete e você vai me entender. Ora, pense no que acontece em Nivia; eles extraem ouro lá, puro, virgem, direto das rochas, e quando o custo do envio para a Terra for deduzido, e o seguro, ele mal se pagará. Mal se pagará.

– Seu valor?

– Sim. Isso é simples de entender. Você sabe que um foguete consegue carregar muito pouco peso, pois precisa estar abastecido e provisionado para um voo da Terra até Titã, ou vice-versa. Uma viagem de apenas setecentos e oitenta milhões de milhas e uma grande chance de encontrar problemas pelo caminho. Acho que o seguro sobre o ouro é de trinta por cento do valor.

– Tim, vamos ter que colocar essas coisas no seguro? Como vamos conseguir?

– Não. Não vamos colocar essas coisas no seguro porque vamos levá-las conosco.

– Mas e se elas se perderem?

– Se elas se perderem, Diane, o seguro não vai nos ajudar, porque, então, nós também estaremos perdidos.

Mais três meses se arrastaram. O pequeno tesouro de orquídeas flamejantes deles chegou a quinze, depois a dezoito. Eles perceberam, claro, que a gema não acompanharia o preço fabuloso daquela primeira, mas metade daquele preço, até mesmo um décimo dele, já significava riqueza, lazer e luxo. O ano de sacrifício valeria a pena.

Titã girava infinitamente em seu planeta primário. Os dias de nove horas eram sucedidos pelas noites de nove horas de ferocidade inacreditável. O vento eterno rugia, machucava e quebrava, e as montanhas de gelo que se moviam se erguiam e rugiam sob a força das marés de Saturno.

Às vezes, durante o dia, o casal se aventurava a ir para o lado de fora, lutava contra os ventos ruidosos, apoiando-se precariamente nas encostas geladas. Certa vez, Diane foi levada embora, salvando-se miraculosamente à beira de uma das fendas profundas e misteriosas que limitavam a encosta de sua montanha, e depois disso eles passaram a ser muito mais cautelosos.

Um dia eles se atreveram a entrar no bosque de árvores elásticas e emborrachadas que cresciam ao abrigo do penhasco mais próximo. As coisas os atacaram com golpes retumbantes, não violentos o suficiente para derrubá-los, mas picando com força mesmo através da camada de borracha esponjosa de uma polegada de espessura que isolava seus corpos do frio.

E a cada sete dias e meio o vento morria e se transformava em uma calmaria estranha e silenciosa, ficava tudo parado por meia hora mais ou menos, e então voltava a rugir com ferocidade renovada vindo da direção oposta. Assim era marcada a rotação de Titã.

Em intervalos quase iguais, a cada oito dias, o nativo aparecia com o relógio. A criatura parecia incapaz de lidar com o intrincado problema de dar corda no objeto e sempre o trazia com tristeza, ficando feliz depois que Diane o colocava para funcionar novamente.

Havia um evento iminente que às vezes preocupava Tim. Duas vezes em seu período de trinta anos, Saturno faz eclipse com o Sol, e por quatro dias titânicos, setenta e duas horas, Titã fica na completa escuridão. O planeta gigante estava se aproximando daquele ponto agora e seria alcançado muito antes que o foguete, que partira da Terra no perigeu, chegasse.

A ocupação humana ocorrera havia apenas seis anos; ninguém sabia o que esses quatro dias de escuridão poderiam fazer para o pequeno mundo de Titã.

O zero absoluto do espaço? Provavelmente não, por causa da atmosfera densa e rica em xenônio, mas que tempestades, que levantamentos titânicos de gelo poderiam acompanhar aquela noite de eclipse? O próprio Saturno brilhante fornecia um pouco de calor, claro, cerca de um terço do calor fornecido pelo Sol distante.

Bom, não adiantava se preocupar. Tim olhou para Diane, que costurava um rasgo na máscara facial da vestimenta para sair ao ar livre, e sugeriu um passeio.

– Uma caminhada à luz do Sol – disse ele, sarcástico. – É agosto na Terra.

Diane concordou. Ela sempre concordava, alegre e disposta. Sem ela esse projeto teria sido totalmente insuportável, e é de se perguntar como Simonds o suportou, como aqueles outros homens espalhados pelo continente único de Titã estavam suportando. Ele suspirou, entrou na vestimenta grossa e abriu a porta para o inferno ruidoso do lado de fora.

Foi quando eles chegaram perto de um desastre. Eles rastejaram, se arrastaram e se esforçaram para chegar a um monte de gelo, e ali ficaram ofegantes e arquejantes em um momento de descanso. Tim levantou a cabeça para espiar sobre a crista e viu através da lente dos óculos protetores algo único em sua experiência em Titã. Ele franziu a testa ao olhar para aquilo através do denso ar refrativo do planeta; era difícil julgar as distâncias quando a atmosfera fazia tudo tremer como ondas de calor.

– Olhe, Di! – exclamou ele. – Um pássaro!

Realmente parecia um pássaro, navegando no vento em direção a eles, com as asas abertas. Ele ficava maior; estava do tamanho de um pterodátilo, sobrevoando-os com a força daquele vento de cento e sessenta quilômetros atrás dele. Tim conseguiu enxergar um bico de cerca de um metro, feroz.

Diane gritou. A coisa vinha na direção deles; agora mergulhava na velocidade de um avião. Foi a mulher quem pegou e arremessou um pedaço irregular de gelo; a coisa deu uma guinada mais alta, voou como uma nuvem acima deles e desapareceu. Ela não conseguia voar contra o vento.

Eles olharam o livro de Young no abrigo. Aquele explorador intrépido tinha visto e dado nome à criatura; era uma pipa afiada, o mesmo tipo de fera responsável pela morte de um de seus homens. Não era um pássaro; na realidade ela não voava; simplesmente navegava como uma pipa antes das explosões terríveis de Titã, e tocava o chão apenas durante a calmaria semanal ou quando tinha conseguido com sucesso atingir alguma presa.

Mas a vida era realmente rara naquele pequeno mundo gelado. Exceto pelos nativos ocasionais, que iam e vinham misteriosamente como espíritos, e aquela única pipa afiada, e as árvores chicoteadas perto do penhasco, eles não viram nada vivo. Claro, as bolhas de cristal das formigas de gelo marcavam a superfície glacial das colinas, mas tais criaturas nunca emergiam, trabalhando incessantemente debaixo de suas pequenas cúpulas que cresciam como cogumelos ao derreter por dentro e recebiam novos depósitos de cristais de gelo por fora. Um mundo solitário, um pequeno planeta selvagem, bizarro, ameaçador e sobrenatural.

Na verdade, nunca realmente nevou em Titã. O ar frio era capaz de absorver muito pouco vapor de água para a condensação em neve, mas havia uma substituição. Durante os dias, quando a temperatura sempre ultrapassava o ponto de fusão, poças rasas se formavam nos oceanos congelados, às vezes aumentadas por poderosas erupções de salmoura gelada vindas de baixo. Os ventos ferozes varriam tais poças formando uma espuma de água que se congelava, correndo como nuvens de agulhas geladas em volta do planeta.

Muitas vezes, durante a escuridão, Diane observava da janela quando uma dessas nuvens aparecia brilhando na luz verde fria de Saturno, varrendo com um grito e deslizando cristais de gelo nas paredes, e parecendo para ela um fantasma alto e amortalhado. Em momentos como esses, apesar do calor gerado por átomos da pequena habitação, ela tremia e puxava a roupa mais para perto de si, embora tomasse cuidado para que Tim não percebesse isso.

Assim o tempo passava na cabana de trocas, lenta e tristemente. O clima, claro, era uniforme e invariavelmente terrível, um clima que existia apenas em Titã, a cerca de novecentos milhões de milhas do moderado Sol. O pequeno mundo, com seu período orbital de quinze dias e vinte e três horas, não tinha estações perceptíveis; apenas as mudanças recorrentes dos ventos de leste a oeste marcavam seu giro em torno do gigantesco Saturno. É sempre inverno – um inverno cruel, amargo e inimaginável, para o qual as tempestades terrestres da desolada Antártica são como abril na Riviera.

E, aos poucos, Saturno foi se aproximando do Sol, até que um dia a faixa oeste de seus anéis rasgou um corte escuro no anel vermelho. O eclipse estava próximo.

Aquela noite presenciou uma catástrofe. Tim cochilava no beliche; Diane sonhava preguiçosa com os campos verdes e o Sol quente. Do lado de fora um vendaval rugia mais vociferante do que o normal, e um desfile constante de fantasmas de gelo passava pelas janelas.

Baixo e ameaçador veio o rugido das montanhas glaciais em movimento; Saturno e o Sol, agora quase em linha reta, lançaram-se sobre o planeta com uma força redobrada da maré. E então, de repente, veio o estrondo do alerta; um sino tocando de maneira ameaçadora.

Diane sabia o que aquilo significava. Meses antes, Tim havia instalado uma fileira de postes no gelo, estendendo-se na direção do penhasco que abrigava o bosque de árvores chicoteadas. Ele previra o perigo; armara um alarme. O sino significava que o penhasco se movera e rolara sobre as primeiras estacas. Perigo!

Tim saltou freneticamente do beliche.

– Vista-se para sair! – gritou ele. – Rápido!

Ele pegou a parca de borracha esponjosa e jogou para ela. Puxou sua própria parca, abriu a porta para o pandemônio lá fora, e uma explosão feroz e cruel entrou, derrubando uma cadeira e girando artigos soltos pela sala.

– Feche o pacote de emergência! – gritou ele, sobre o barulho. – Vou dar uma olhada.

Diane reprimiu seu medo crescente enquanto ele saiu. Ela fechou o pacote com força, então jogou as preciosas dezoito orquídeas flamejantes em uma pequena bolsa de couro, e colocou a bolsa sobre o ombro. Fez um esforço para se acalmar; talvez o penhasco de gelo tenha parado, ou talvez apenas o próprio vento tenha acertado o poste de alerta. Ela arrumou a cadeira e sentou-se com o visor aberto apesar das explosões que atingiam a porta.

Tim estava vindo. Ela viu sua mão enluvada enquanto ele procurava a fechadura, e então seu rosto coberto pela máscara, os olhos graves por trás dos óculos anticongelantes.

– Para fora! – gritou ele, alcançando o pacote.

Ela se assustou e correu atrás dele no momento que o segundo sino tocou.

Mal deu tempo! Quando o tornado a jogou esparramada e presa, ela teve um vislumbre nítido de um poderoso pináculo de gelo brilhante pairando acima da cabana; houve um estrondo e um rugido mais profundo do que os ventos, e a cabana desapareceu. Uma parede de ferro, arrebatada pelo vendaval, voou como um morcego gigante acima dela, e ela a ouviu bater e fazer barulho ao longo da encosta leste.

Atordoada e terrivelmente assustada, ela rastejou atrás de Tim para um abrigo em um cume, observando-o enquanto ele lutava contra o pacote que enfrentava a explosão como se fosse algo vivo. Ela estava calma quando ele finalmente conseguiu prender a bolsa em seus ombros.

– É o fim, não é, Tim? – disse ela, encostando o visor contra o capacete. – Porque, se for, estou feliz em ter vindo com você. Estou feliz por estarmos juntos.

Tim gemeu desesperado e a explosão levou o barulho embora. Ele se virou de repente, passando os braços em volta de seu corpo.

– Sinto muito, Di – disse ele, com a voz rouca.

Ele queria beijá-la; algo impossível, claro, em uma noite titânica. Teria sido o beijo da morte; eles teriam morrido com seus lábios congelados um contra o outro. Ele afastou o pensamento de que talvez aquela seria uma maneira mais agradável de morrer, já que isso era inevitável agora, de qualquer maneira. Mas ele decidiu morrer lutando. Ele a puxou para um lugar ao abrigo do vento, no cume, e começou a pensar.

Eles não podiam ficar ali; isso era óbvio. O foguete não chegaria antes de três meses, e bem antes disso eles seriam dois corpos congelados, rolando perante o furacão ou enterrados em alguma fenda. Eles não poderiam construir um abrigo habitável sem ferramentas e, mesmo que pudessem, seu fogão atômico estava em algum lugar embaixo do penhasco movediço. Eles não podiam tentar ir até Nivia, a cento e sessenta quilômetros através das Montanhas dos Amaldiçoados – ou poderiam? Essa era a única alternativa possível.

– Di – disse Tim, tenso –, nós vamos para Nivia. Não se assuste. Ouça. O vento acabou de mudar. Está atrás de nós; temos quase oito dias terrestres antes que ele mude de novo. Se conseguirmos chegar lá, andando de dezoito a vinte quilômetros por dia, se conseguirmos chegar lá, estaremos seguros. Se não conseguirmos chegar antes da mudança dos ventos... – Ele parou de falar. – Bom, não será pior do que morrer aqui.

Diane estava em silêncio. Tim franziu a testa, pensativo atrás dos óculos. Era uma possibilidade. O pacote de emergência, a parca e tudo o mais pesava menos do que no peso terrestre; não muito menos do que se pode imaginar, claro. Titã, embora não fosse maior do que Mercúrio, é um mundinho denso, porém o peso não depende apenas da densidade do planeta, mas também da distância de seu centro. O vento talvez não os atrapalhasse tanto, pois eles viajariam na direção dele, e não contra ele. Seu impulso terrível, mais feroz do que um vento semelhante ao da Terra, pois o ar continha trinta por cento do gás pesado xenônio, seria perigoso o suficiente; de qualquer maneira, eles não tinham escolha.

– Vamos lá, Di – disse Tim, levantando-se.

Eles tinham que se manter em movimento agora; poderiam descansar mais tarde, depois do nascer do Sol, quando o perigo de congelar enquanto dormiam fosse menor.

Um outro pensamento terrível atingiu Tim – haveria apenas mais três nasceres do Sol. E então por quatro dias titânicos o pequeno satélite estaria na sombra poderosa de Saturno, e durante aquele longo eclipse, apenas o céu saberia que forças terríveis poderiam atacar o pobre casal que se arrastava com dificuldade até Nivia, a Cidade da Neve.

Mas aquilo também precisava ser enfrentado. Não havia alternativa. Tim levantou Diane, e eles se arrastaram com cuidado para fora do abrigo da crista, curvando-se quando o vento cruel os pegou e machucou com fragmentos de gelo voadores, apesar de seus trajes grossos.

Era uma noite escura para Titã; Saturno estava do outro lado do pequeno mundo, junto com o Sol, em breve aconteceria o eclipse, mas as estrelas brilhavam forte e cintilantes através da atmosfera rasa, mas muito densa e refrativa. A Terra, que tantas vezes emprestara uma energia verde de alegria ao solitário casal, não estava entre eles; da posição de Titã, ela estava sempre perto do Sol e aparecia apenas pouco antes do nascer do Sol ou logo depois do pôr do Sol. Sua ausência agora parecia um presságio desolador.

Eles chegaram a uma encosta longa, lisa e varrida pelo vento. Cometeram o erro de tentar cruzá-la eretos, confiando em seus sapatos com travas para um apoio seguro. Foi um erro de julgamento, o vento os empurrou de repente em uma corrida, pressionando-os a ir cada vez mais rápido até que se tornou impossível parar, e eles estavam cambaleando pela escuridão em direção a um terreno desconhecido à frente.

Tim se lançou de maneira imprudente contra Diane; os dois caíram em um monte e saíram escorregando e rolando, até baterem contra uma pequena parede de gelo trinta metros à frente.

Eles subiram à custa de grande esforço, e Diane gemeu imperceptivelmente por causa da dor de um joelho machucado. Eles continuaram se arrastando com cuidado; terminaram em uma fenda sem fundo de cujas profundezas vinham estranhos rugidos e gritos; deslizaram miseravelmente por um penhasco brilhante que tremia e se movia acima deles. E quando finalmente o vasto pontão de Saturno apareceu sobre a terra selvagem diante deles, e o minúsculo Sol avermelhado seguia parecendo um rubi pendurado em um pingente, eles estavam à beira da exaustão.

Tim ajudou Diane a chegar a uma fenda virada para o Sol. Durante muitos minutos os dois ficaram em silêncio, satisfeitos em descansar, e então ele pegou uma barra de chocolate na mochila e os dois comeram, enfiando os quadrados rapidamente pelos visores que abriam a cada mordida.

Mas sob a radiação combinada de Saturno com o Sol, a temperatura subiu rapidamente mais de trinta graus; quando Tim olhou para seu termômetro de pulso já estava próximo de três graus Celsius, e piscinas de água se formavam nos pontos protegidos do vento. Ele pegou um pouco de água com um copo de plástico e eles beberam. Pelo menos, água não era um problema.

Talvez a comida fosse, caso eles vivessem o suficiente para consumir tudo o que tinham na mochila. Os humanos não podiam comer seres titânicos por causa de seu metabolismo arsênico; precisavam sobreviver graças à comida trazida com dificuldade da Terra ou, como fizeram os colonos nivianos, de criaturas titânicas de cuja substância o arsênico fosse removido quimicamente antes de ser consumido. Os nivianos comiam formigas de gelo, as árvores retorcidas e, ocasionalmente, dizia-se, os nativos titânicos.

Diane adormecera, encolhida em uma poça de água gelada que fluía para o ar livre e depois girava em borrifos cintilantes causados pelo vento. Ele a sacudiu com delicadeza; não podiam perder tempo agora, não com a sombra do eclipse se aproximando ameaçadoramente a poucas horas de distância. Mas partiu seu coração ver seus olhos expressarem um sorriso cansado enquanto se levantava; ele se amaldiçoou mais uma vez por tê-la trazido com ele.

E então eles seguiram em frente, presos com uma corda e caminhando com dificuldade por causa do vendaval feroz e impiedoso. Ele não fazia ideia do quanto tinham viajado durante a noite; do topo de uma alta cordilheira ele olhou para trás, mas as colinas movedoras de gelo tornavam difícil o reconhecimento das localidades, e ele não sabia ao certo se o talude sombrio que ele via ao longe era, na verdade, o penhasco que esmagara sua cabana.

Ele deixou Diane descansar de novo, do meio-dia até o pôr do Sol, por quase cinco horas. Ela recobrou uma boa parte da força que gastara na luta da noite, mas quando o Sol poente fez seu termômetro de pulso cair para a marca de setenta graus abaixo de zero, ela se sentiu como se não tivesse descansado nada. Ainda assim eles sobreviveram a mais uma noite de inferno, e o cinza do amanhecer ainda os encontrou cambaleando e tropeçando diante da incrível ferocidade daquele vento eterno.

Durante a manhã um nativo apareceu. Eles o reconheceram; em suas mãos com garras estava a velha caixa do relógio de oito dias. Ele se aproximou deles, com a cabeça virada para o vento, e esticou os braços curtos para mostrar o mecanismo; choramingou de maneira melancólica e obviamente se sentia enganado.

Tim sentiu uma esperança irracional ao vê-lo, mas ela desapareceu imediatamente. A criatura simplesmente não conseguia entender a situação deles; Titã era o único mundo que ele conhecia, e ele não conseguia entender sobre seres que não se adaptavam ao seu ambiente feroz. Então o homem ficou em silêncio enquanto Diane dava corda no relógio e respondeu estupidamente ao seu sorriso quando ela o devolveu.

– Desta vez, velho camarada – disse ela para o nativo –, ele está contando as nossas vidas. Se não estivermos em Nivia quando ele parar de novo... – Ela deu um tapinha em sua cabeça; a criatura arrulhou e foi embora.

Eles descansaram e dormiram novamente durante a tarde, mas foi um casal cansado que enfrentou o inferno da noite. Diane estava à beira da exaustão, não por falta de comida, mas simplesmente pelos golpes incessantes que recebia do vento, e pela terrível batalha que cada passo exigia que ela enfrentasse. Tim estava mais forte, mas seu corpo doía, e o frio, que de alguma maneira entrava por sua parca de uma polegada de grossura, o deixara com o ombro congelado e dolorido.

Duas horas depois do pôr do Sol, ele percebeu, com desespero, que Diane não sobreviveria àquela noite. Ela lutava bravamente, mas não estava à altura do que o esforço lhe exigia. Estava enfraquecendo; o vento impiedoso continuava derrubando-a de joelhos, e a cada vez ela se levantava mais devagar, precisando de maior apoio dos braços de Tim. E rapidamente chegou o momento que ele previra com o coração desesperado, quando ela não conseguiu mais se levantar.

Ele se ajoelhou ao lado dela, e lágrimas embaçaram suas lentes quando ele entendeu o que ela dizia sobre o estrondo da explosão.

– Continue, Tim – murmurou ela.

Ela gesticulou para a bolsa que carregava nas costas.

– Leve as orquídeas flamejantes e me deixe aqui.

Tim não respondeu, apenas acolheu seu corpo cansado nos braços, protegendo-a o melhor que pôde dos ventos furiosos. Ele pensou com desespero. Continuar ali seria uma morte rápida; pelo menos ele podia carregar Diane até um local mais protegido, onde eles poderiam afundar mais devagar no sono fatal do frio. Deixá-la ali estava fora de cogitação; ela também sabia disso, mas tinha sido uma oferta corajosa a se fazer.

Ela o segurou sem muita força quando ele a levantou; ele cambaleou uma dúzia de passos antes de o vento o derrubar e a última luta o levou para a proteção de uma colina baixa. Ele se deixou cair e segurou a mulher nos braços para esperar que o frio fizesse seu trabalho.

Ficou olhando para a frente, sem esperanças. O esplendor selvagem de uma noite titânica estava diante dele, com as estrelas geladas brilhando em picos frios e vítreos. Logo depois da colina em que estavam, estendia-se a superfície lisa de uma geleira varrida pelo vento, e aqui e ali havia bolhas cristalinas de formigas de gelo.

As formigas de gelo! Pequenas criaturas sortudas! Ele se lembrou da descrição que Young fez delas no livro que lera na cabana. Dentro daquelas cúpulas era quente; a temperatura ficava acima de quatro graus celsius. Ele ficou olhando para elas, frágeis e ainda assim resistentes àquele vento colossal. Ele sabia que era por causa de sua forma ovoide, o mesmo princípio que permite que um ovo resista à maior pressão em suas duas extremidades. Ninguém consegue quebrar um ovo apertando suas extremidades.

De repente ele se sobressaltou. Uma esperança! Ele murmurou uma palavra para Diane, levantou-a e arrastou-se na superfície espelhada do gelo. Lá! Lá havia uma cúpula grande o suficiente, com quase dois metros de diâmetro. Ele circulou até o lugar abrigado do vento e abriu um buraco na redondeza brilhante.

Diane arrastou-se com fraqueza por ele. Ele a seguiu, agachado ao lado dela no crepúsculo. Aquilo funcionaria? Ele soltou um longo grito de alívio ao perceber as figuras apressadas de formigas de gelo de três polegadas, e as viu costurando a cúpula com fragmentos de cristal.

O vapor embaçou suas lentes anticongelantes. Ele puxou Diane para perto e abriu o visor. Ar quente! Era como um bálsamo depois do frio congelante do lado de fora; cheirava a mofo, talvez, mas era quente! Ele abriu o visor de Diane; ela dormia exausta e não se mexeu quando ele descobriu seu rosto pálido e tenso.

Seus olhos começaram a se acostumar à luz sombria das estrelas que filtrava pela cúpula. Ele podia ver as formigas de gelo, pequenas bolas vermelhas de três pernas que corriam de um lado para o outro em um movimento galopante. Não eram formigas, claro, nem mesmo insetos no sentido terrestre; Young as nomeara formigas porque viviam em colônias semelhantes às das formigas.

Tim viu os dois buracos parecidos com pires que perfuravam o chão; através de um deles, ele sabia, vinha o ar quente da colmeia misteriosa que havia lá embaixo, e o outro drenava a água derretida de dentro da cúpula. A cúpula cresceria até explodir, mas as formigas não se importavam com isso; elas saberiam quando a hora da explosão se aproximasse e já teriam uma nova cúpula pronta acima dos buracos.

Durante algum tempo ele as observou; elas não prestaram atenção nos intrusos, cujas roupas de borracha não ofereciam nada comestível. Eram pequenas criaturas semicivilizadas; ele as observou curioso enquanto elas raspavam um bolor cinza no gelo, o colocavam em minúsculos trenós que ele reconheceu serem folhas da árvore retorcida, e puxavam a carga até um dos buracos, despejando-a nele, presumivelmente, para uma equipe de manuseio lá embaixo. E, depois de um tempo, ele adormeceu, e um tempo precioso se passou.

Horas mais tarde algo o acordou para a luz do dia. Ele se sentou; tinha se deitado com a cabeça apoiada no braço para não encostar o rosto na água, e esfregou o membro meio paralisado de maneira melancólica enquanto olhava em volta. Diane ainda dormia, mas seu rosto estava mais tranquilo, mais descansado. Ele sorriu delicadamente para ela e, de repente, um movimento rápido e um clarão chamaram sua atenção ao mesmo tempo.

O primeiro era apenas uma formiga de gelo correndo pela parca de borracha. O clarão era – ele se moveu violentamente – uma orquídea flamejante rolando lentamente na corrente de água até a abertura, e atrás dela ia uma outra! As formigas haviam cortado e estavam levando, para se alimentarem, a pequena bolsa de couro, que ficara exposta no colo de Diane pela abertura de seu visor.

Ele pegou a gema de chamas que rolava pela água e procurou desesperadamente pelas outras. Em vão. Dos dezoito preciosos ovoides ele recuperara exatamente um – aquela pequena, mas perfeita, pela qual haviam trocado o relógio. Ele olhou com total desânimo para o pequeno ovo flamejante pelo qual eles arriscaram – e provavelmente perderam – tudo.

Diane se mexeu e se sentou. Ela logo viu a consternação em seu rosto.

– Tim! – exclamou ela. – Qual é o problema agora?

Ele contou a ela.

– A culpa é minha – concluiu ele, em tom sombrio. – Abri sua roupa. Eu devia ter previsto isso.

Ele deslizou a gema solitária pelo punho da luva esquerda, e a joia se alojou contra a palma de sua mão.

– Isso não é nada, Tim – disse Diane, delicadamente. – De que nos serviriam todas as dezoito orquídeas, ou cem delas? Vamos morrer, independentemente de ter apenas uma ou todas elas.

Ele não respondeu diretamente. Disse:

– Mesmo uma será suficiente se voltarmos. Talvez dezoito saturasse o mercado; talvez a gente consiga tanto dinheiro só com uma quanto conseguiríamos se tivéssemos todas.

Aquilo era mentira, claro; outros comerciantes aumentariam a distribuição, mas isso servia para distrair a cabeça dela.

Tim percebeu então que as formigas de gelo estavam ocupadas em volta de duas aberturas no centro; elas estavam construindo uma cúpula interna. O ovo de cristal acima delas, agora com dois metros e meio de diâmetro, estava prestes a se quebrar.

Ele viu o perigo iminente e eles fecharam os visores. Havia um raio irregular de luz a oeste e, de repente, com um brilho de fragmentos, as paredes se quebraram e saíram girando sobre o chão gelado, e o vento uivou sobre eles, quase achatando-os na geleira! Ele começou a empurrá-los para o gelo.

Eles escorregaram e se arrastaram para além dos penhascos irregulares. Diane estava forte de novo; seu corpo jovem se recuperava rapidamente. Em uma proteção momentânea, ele percebeu algo estranho sobre a luz e levantou-se para ver o gigante Saturno quase obscurecendo ao meio o Sol. Ele se lembrou, então. Este era o último dia; por setenta e duas horas seria noite.

E a noite chegou rápido demais. O pôr do Sol veio com três quartos do disco vermelho obscurecido, e o frio congelante varreu vindo do oeste com uma horda de fantasmas gelados, cujas agulhas afiadas obstruíam os filtros de suas máscaras e os forçavam a sacudi-las repetidas vezes.

A temperatura nunca passou de quatro graus negativos durante o dia, e o ar da noite, que chegava depois daquele dia frio, caía rapidamente para trinta abaixo de zero, e até mesmo os filtros de aquecimento não conseguiam impedir que aquele ar gelado ardesse em seus pulmões como uma chama escaldante.

Tim procurou desesperado uma bolha de formiga de gelo. Aquelas de tamanho grande o suficiente eram raras, e quando ele finalmente encontrou uma, ela já estava grande demais e as formigas de gelo não se incomodaram em consertar o buraco que ele abriu, mas rapidamente se juntaram para construir uma cúpula nova. Em meia hora a coisa quebrou, e eles ficaram à deriva.

De alguma maneira eles sobreviveram à noite, e a madrugada do quarto dia os encontrou cambaleando quase indefesos para uma proteção em um penhasco. Eles ficaram olhando sem esperança para aquela aurora estranha, sem Sol, iluminada por Saturno, que fornecia tão pouco calor.

Uma hora depois do nascer do Sol eclipsado, Tim olhou para o termômetro em seu pulso para descobrir que a temperatura havia atingido cinquenta abaixo de zero. Eles comeram um pouco de chocolate, mas cada mordida causava uma dor que queimava devido à abertura de seus visores, e o chocolate em si estava congelado pelo frio.

Quando a dormência e o torpor começaram a atingir seus membros, Tim forçou Diane a se levantar, e eles continuaram lutando. O dia não era melhor do que a noite agora, exceto pela luz fria de Saturno. O vento os atacava com mais ferocidade do que nunca; mal tinham chegado ao meio da tarde quando Diane, com um gemido que mal podia ser ouvido, caiu de joelhos e não conseguiu mais se levantar.

Tim procurou freneticamente uma bolha de gelo. Por fim, bem longe à direita, ele viu uma pequena, com um metro de diâmetro talvez, mas grande o suficiente para Diane. Ele não conseguia carregá-la; ele a segurou pelos ombros e a arrastou com dificuldade até a bolha. Ela conseguiu se arrastar lá para dentro e ele a aconselhou a dormir com o visor fechado para que as formigas não atacassem seu rosto. A um quarto de milha dali, a favor do vento, ele encontrou uma bolha para si.

Foi a quebra da bolha que o acordou. Era noite de novo, uma noite terrível, estridente, uivante e estrondosa quando a temperatura em seu termômetro marcava noventa e cinco graus abaixo de zero. Um forte medo o atingiu. E se o abrigo de Diane tivesse quebrado? Ele lutou loucamente contra o vento até o local e gritou aliviado. A cúpula crescera, mas ainda estava em pé; ele abriu um buraco para entrar nela e encontrou Diane trêmula e pálida; ela temia que ele estivesse perdido ou morto. Já era quase madrugada quando a proteção quebrou.

Por mais estranho que pareça, aquele dia foi mais fácil. Estava bastante frio, mas eles tinham alcançado os pés das Montanhas dos Amaldiçoados, e despenhadeiros cobertos de gelo ofereciam proteção dos ventos. A força de Diane estava melhor; eles conseguiram obter o melhor progresso até agora.

Mas aquilo significava pouco, pois ali diante deles, branca, brilhante e fria, estava a cadeia de montanhas, e Tim se desesperou ao olhar para elas. Logo depois delas, talvez a uns quarenta quilômetros de distância, estava Nivia e a segurança, mas como é que eles atravessariam aqueles picos pontiagudos?

Diane ainda estava em pé quando a noite caiu. Tim a deixou sob a proteção de um banco de gelo e saiu para procurar uma bolha de formigas. Mas dessa vez ele fracassou. Encontrou apenas algumas bolhas minúsculas de seis polegadas; não havia nada que oferecesse refúgio para a noite que prometia ser a mais feroz que eles já tinham visto. Ele voltou, por fim, em desespero.

– Vamos ter que ir mais para a frente – disse a ela.

Os olhos sérios e cansados dela o assustaram.

– Tanto faz – disse ela, baixinho. – Nunca atravessaremos as Montanhas dos Amaldiçoados, Tim. Mas, eu amo você.

Eles continuaram andando. A temperatura da noite caiu rapidamente para noventa e cinco graus abaixo de zero, e eles sentiam os membros dormentes, com reflexos lentos. Fantasmas de gelo passaram zumbindo por eles; penhascos tremeram e fizeram barulho.

Em meia hora os dois estavam à beira da exaustão, e nenhum abrigo de cristal surgira.

Ao abrigo de um cume, Diane parou, balançando contra ele.

– Não adianta, Tim – murmurou ela. – Prefiro morrer aqui a continuar lutando. Não consigo mais.

Ela se deixou afundar no gelo, e aquela ação salvou a vida deles.

Tim se inclinou sobre ela, e ao fazer isso uma sombra negra e um bico brilhante cortaram o ar onde sua cabeça estivera. Uma pipa afiada!

Seu grito de raiva foi levemente arrastado pelo vento enquanto girava naquele redemoinho de cento e sessenta quilômetros.

– Está vendo – disse ela –, não adianta.

Tim ficou olhando estupidamente ao redor, e foi então que ele viu o funil. Young tinha mencionado sobre a existência dessas curiosas cavernas no gelo e às vezes nas rochas das Montanhas dos Amaldiçoados. Com aberturas sempre ao norte ou ao sul, ele pensava que elas eram os abrigos dos nativos, estabelecidas ou construídas de maneira a evitar que se enchessem de gelo. Mas os comerciantes descobriram que os nativos não tinham abrigos.

– Nós vamos entrar lá! – exclamou Tim.

Ele ajudou Diane a ficar em pé e eles se arrastaram para dentro da abertura. A passagem em forma de funil se estreitou, depois se alargou dentro de uma câmara, onde o vapor condensou instantaneamente suas lentes. Aquilo significava calor; eles abriram os visores e Tim pegou a tocha elétrica.

– Olhe! – arfou Diane.

Na curiosa câmara, cercada metade por gelo e metade por rochas da montanha, havia o que era, sem dúvida, uma coluna esculpida caída.

– Meu Deus! – Tim ficou impressionado e momentaneamente livre de suas preocupações. – Esse iceberg já abrigou uma cultura nativa! Nunca dei àqueles demônios primitivos esse crédito.

– Talvez os nativos não sejam os responsáveis por isso – disse a mulher. – Talvez um dia tenha existido alguma criatura mais elevada em Titã, centenas de milhares de anos atrás, quando Saturno tinha calor suficiente para aquecê-la. Ou talvez ainda exista.

Seu palpite estava desastrosamente correto. Uma voz disse "*um, uzza, uzza*" e eles se viraram para encarar a criatura que surgia de um buraco na parede de rochas. Um rosto – não, não um rosto, mas um probóscide, como a cabeça de uma grande minhoca, que se jogava até um ponto, e então se contraía para um terrível disco vermelho, anelado.

Na ponta estava a presa oca, ou o dente sugador, e acima dela, em uma haste trêmula, o olho verde frio e hipnótico de uma minhoca titânica, a primeira a ser vista pelo homem. Eles observaram com fascinação aterrorizada quando o corpo tubular escorregou para dentro da câmara, seu corpo em forma de corda diminuindo no fim até quase a espessura de um fio de cabelo.

– *Uzza, uzza, uzza* – disse ela e, de maneira estranha, o cérebro deles traduziu o som.

A coisa dizia "dormir, dormir, dormir", repetidas vezes.

Tim pegou o revólver – ou teve a intenção de pegar. A tentativa de pegar se tornou um movimento delicado, quase imperceptível, e então se transformou em imobilidade. Ele foi mantido totalmente indefeso sob o brilho dos olhos da minhoca.

– *Uzza, uzza, uzza* – continuou a coisa com um zumbido calmante e sonolento. – *Uzza, uzza, uzza.*

O som batia sonolento em seus ouvidos. Ele estava com sono mesmo, cansado pela exaustão, pelo inferno que enfrentara lá fora. – *Uzza, uzza, uzza.*

Por que não dormir?

Foi a perspicaz Diane quem o salvou. Sua voz o fez acordar.

– Estamos dormindo – disse ela. – Nós dois estamos dormindo. É assim que dormimos. Você não vê? Nós dois estamos dormindo pesado.

A coisa disse:

– *Uzza, uzza* – e então parou, como se estivesse perplexa.

– Estou dizendo que estamos dormindo! – insistiu Diane.

– *Vera* – zumbiu a minhoca.

Ela ficou em silêncio, esticando o terrível rosto na direção de

Diane. De repente, o braço de Tim estalou em uma continuação brusca de seu movimento interrompido, a arma queimou fria através de sua luva e então cuspiu a chama azul.

A resposta foi um grito agudo. O verme, enrolado como uma mola, lançou o rosto ensanguentado na direção da mulher. Sem pensar, Tim pulou sobre ele; suas pernas se enredaram em seu comprimento viscoso e ele caiu batendo as mãos na parede rochosa. Mas a minhoca era frágil; quando ele se levantou viu que ela estava morta e quebrada em vários pedaços.

– Ah! – arfou Diane, com o rosto branco. – Que... que terrível! Vamos sair daqui rápido! – Ela cambaleou e se sentou, fraca, no chão.

– Lá fora é a morte, com certeza – disse Tim, em tom sombrio.

Ele juntou os pedaços do verme e os colocou de volta no buraco de onde ele havia saído. Então, com bastante cuidado, lançou seu feixe de luz para dentro do buraco, e olhou com cuidado. Ele se afastou rapidamente.

– Argh! – disse ele, estremecendo.

– O que foi, Tim? O que tem aí dentro?

– Um ninho deles.

Ele levantou um pedaço quebrado da coluna; aquilo cabia no buraco.

– Isso aqui vai cair se algum outro sair daí – murmurou ele. – Seremos avisados. Di, precisamos descansar um pouco. Nenhum de nós sobreviveria uma hora lá fora.

Ela sorriu com ar triste.

– Que diferença isso faz, Tim? Eu prefiro morrer de frio do que por essas... por essas coisas.

Em cinco minutos ela já estava dormindo.

Assim que ela adormeceu, Tim tirou a luva esquerda e ficou olhando com tristeza para a única orquídea flamejante. Ele tinha sentido ela se partir quando bateu na parede, e lá estava ela, sem cor, quebrada, inútil. Agora eles não tinham mais nada, nada além da vida, e provavelmente só mais um pouco dela.

Ele jogou seus pedaços no chão cheio de terra e rochas e então procurou um pedaço de pedra e bateu na joia até transformá-la em pó e em pequenas lascas. Ele extravasou suas emoções.

Apesar de sua determinação, ele deve ter cochilado. Acordou assustado, olhou receoso para o buraco fechado e então percebeu que uma tênue luz verde entrava pela parede de gelo. Amanheceu. Pelo menos, aquele era o máximo de luz que eles conseguiriam ver durante o eclipse. Eles teriam que partir rapidamente, pois hoje precisavam atravessar as montanhas. Eles precisavam, pois nesta noite aconteceria a mudança do vento, e quando aquilo acontecesse, a esperança desapareceria.

Ele acordou Diane, e a observou, com os olhos cheios de lágrimas, sentar-se desanimada.

Ela não fez comentário algum quando ele sugeriu que partissem, mas não havia a mínima esperança em sua obediência. Ele se levantou para se arrastar pelo funil, para estar lá para ajudá-la quando o vento a atingisse.

– Tim! – gritou ela. – Tim! O que é aquilo?

Ele se virou. Ela apontava para o chão onde ele dormira e onde agora havia milhares de cores mutáveis que pareciam uma chama de arco-íris. As orquídeas flamejantes! Cada lasca que ele partira daquela que morrera agora era uma gema ardente; cada minúsculo grão brotava do pó de pedra do chão.

Algumas eram tão grandes quanto a original, outras eram chamas minúsculas, não maiores do que ervilhas, mas todas brilhavam de maneira perfeita e inestimável. Cinquenta delas – cem, considerando as minúsculas.

Eles as juntaram. Tim contou a ela sobre suas origens e cuidadosamente guardou alguns grãos do pó de terra no papel alumínio do chocolate.

– Vou levar para ser analisado – explicou ele. – Talvez possamos criá-las na Terra.

– Se um dia... – Diane começou a dizer, e então ficou em silêncio.

Deixou que Tim sentisse o prazer que pudesse ter com a descoberta.

Ela o seguiu pela passagem na direção do inferno uivante do eclipse titânico.

Aquele dia forneceu aos dois todas as experiências pelas quais passam as almas condenadas ao Inferno. Eles lutaram hora após hora subindo as encostas cobertas de gelo das Montanhas dos Amaldiçoados. O ar se tornou tão rarefeito e frio que os cem graus abaixo de zero, que eram o mínimo que o termômetro de Tim marcava, foram insuficientes e a agulha ficou totalmente encostada no nível mínimo.

O vento continuou jogando-os contra as encostas, e por uma dezena de vezes as próprias montanhas se elevaram abaixo deles. E assim foi o dia; e ele, temeroso, se perguntou como seria a noite, ali entre os picos da Montanha dos Amaldiçoados.

Diane chegou a seu limite, e passou dele. Esta era a última chance do casal; pelo menos eles precisavam passar pelo cume antes que o vento mudasse. Por repetidas vezes ela caiu, mas a cada vez ela se levantava e continuava subindo. E, por um tempo, um pouco antes do anoitecer, pareceu que eles conseguiriam.

A um quilômetro e meio do pico o vento parou, e aquela calma estranha e não natural marcava, se alguém quiser chamar assim, a meia hora de verão titânico. Eles fizeram um esforço final; correram pela encosta acidentada até que o sangue começou a latejar em seus ouvidos. E a trezentos metros do cume, enquanto avançavam impotentes para um declive íngreme e gelado, ouviram ao longe o uivo crescente que significava que haviam fracassado.

Tim parou; o esforço agora era inútil. Ele deu uma última olhada para a magnitude selvagem do território titânico e aproximou-se de Diane.

– Adeus, garota valente – murmurou ele. – Acho que você me amou mais do que eu mereci.

Então, com um uivo triunfal, o vento os derrubou do cume, fazendo com que escorregassem para a escuridão.

Já era noite quando Tim acordou. Ele estava duro, entorpecido, dolorido, mas vivo. Diane estava bem ao lado dele; estavam em uma cavidade cheia de cristais de gelo.

Ele se inclinou sobre a mulher. Com aquele vento uivante ele não conseguia dizer se ela estava viva; pelo menos seu corpo estava mole, ainda não estava congelado ou rígido como depois de morto. Ele fez a única coisa possível para ele; agarrou-a pelo pulso e abriu caminho naquele vendaval impossível, arrastando-a atrás dele.

Um quarto de milha depois ele viu o pico. Subiu uns três metros; o vento uivava atrás dele. Conseguiu andar quinze metros e o vento o enviou de volta para o buraco. Ainda assim, de alguma maneira, atordoado, quase inconsciente, ele conseguiu arrastar, empurrar e rolar o corpo de Diane junto com ele.

Ele nunca soube quanto tempo levou, mas conseguiu. Enquanto o vento rugia com sua raiva colossal, de alguma maneira, por algum milagre da obstinação, ele a empurrou pelo cume, arrastou-se atrás dela e olhou sem entender para o vale lá na frente, onde brilhavam as luzes de Nivia, a Cidade da Neve.

Por um tempo, ele só conseguiu ficar ali parado, e então algum senso de razão voltou para ele. Diane, a fiel e corajosa Diane, estava ali morrendo, talvez estivesse morta. Com obstinação e persistência ele a empurrou e a rolou pela encosta contra um vento que às vezes a levantava no ar e a jogava de volta fazendo-a bater em seu rosto. Por um longo tempo ele não se lembrou de nada do que aconteceu, e então de repente a cena de ele batendo a uma porta de metal e uma porta se abrindo.

Tim ainda não podia dormir. Ele precisava saber sobre Diane, então seguiu o homem do governo de volta pela passagem submersa da construção que servia de hospital para Nivia. As orquídeas flamejantes foram conferidas, e estavam seguras; roubo não existia em Nivia, com apenas cinquenta habitantes e sem ter para onde o ladrão fugir.

O médico estava inclinado sobre Diane; ele tirara sua parca e dobrava seus braços, e depois suas pernas nuas.

– Nada quebrado – disse ele a Tim. – Apenas o choque, a exposição e a exaustão, uma meia dúzia de queimaduras causadas pelo gelo e uma terrível surra do vento. Ah, sim, e uma pequena concussão. E mais ou menos uma centena de hematomas.

– Só isso? – suspirou Tim. – Tem certeza de que é só isso?

– Isso já não é o bastante? – respondeu o médico.

– Mas, ela... vai sobreviver?

– Ela vai lhe responder isso pessoalmente em meia hora – disse o médico, e então sua voz mudou para um tom admirado: – Não consigo entender como você conseguiu. Isso vai ser uma lenda, ouça o que estou dizendo. E ouvi dizer que você está rico também – acrescentou ele, com inveja. – Bom, acho que você fez por merecer.

PLANETA PARASITA

Felizmente, para "Ham" Hammond, era pleno inverno quando a erupção de lama chegou. Pleno inverno, quero dizer, no sentido venusiano, que não é nada parecido com a estação que geralmente temos na Terra, exceto, possivelmente, aquela vivenciada pelos habitantes de regiões mais quentes como a bacia amazônica ou o Congo.

Eles, talvez, consigam ter uma vaga ideia mental do inverno em Vênus visualizando seus dias de verão mais quentes, multiplicando o calor, o desconforto e os habitantes desagradáveis da selva por dez ou doze.

Em Vênus, como agora é muito bem sabido, as estações acontecem alternadamente em hemisférios opostos, como na Terra, mas com uma diferença bastante importante. Quando a América do Norte e a Europa sufocam de calor no verão, é inverno na Austrália, na Colônia do Cabo e na Argentina. São os hemisférios norte e sul que alternam suas estações.

Mas em Vênus, de maneira bastante estranha, são os hemisférios oriental e ocidental, pois lá, as estações dependem não da inclinação do plano eclíptico, mas da libração. Vênus não rotaciona, apenas mantém a mesma face sempre voltada para o Sol, assim como a Lua faz em relação à Terra. Em uma face é sempre luz do dia, e na outra é sempre noite, e apenas ao longo da zona crepuscular, em uma faixa de oitocentos quilômetros de largura, é possível que exista a habitação humana, um anel fino de território que circunda o planeta.

Na direção do lado iluminado pelo Sol, ele se aproxima do calor escaldante de um deserto onde apenas algumas poucas criaturas venusianas vivem, e no lado em que é noite a faixa termina abruptamente na barreira de gelo colossal produzida pela condensação dos Ventos Superiores que varrem incessantemente o ar ascendente do hemisfério quente para refrescá-lo, afundá-lo e então retorná-lo ao hemisfério frio.

O resfriamento do ar quente sempre produz chuva, e no limite da escuridão a chuva congela para formar essas grandes muralhas. O que existe além dali, que formas fantásticas de vida devem habitar essa escuridão sem estrelas da face congelada, ou se a região é totalmente sem vida como a Lua, sem atmosfera – todas essas perguntas são mistérios.

Mas a vagarosa libração, uma pesada oscilação do planeta de um lado para o outro, produz o efeito das estações. Nas terras da zona crepuscular, primeiro em um hemisfério e depois no outro, o Sol escondido pelas nuvens parece se erguer gradualmente por quinze dias, e então desaparece pelo mesmo período de tempo. Ele nunca sobe muito, e apenas perto das barreiras de gelo parece tocar o horizonte; pois a libração é de apenas sete graus, porém é suficiente para produzir notáveis estações de quinze dias.

Mas tais estações! No inverno a temperatura despenca às vezes para úmidos, mas suportáveis, trinta e dois graus Celsius, mas, duas semanas depois, um dia de sessenta graus é considerado fresco perto da borda tórrida da zona crepuscular. E sempre, inverno e verão, as chuvas intermitentes gotejam taciturnas para serem absorvidas pelo solo esponjoso e são devolvidas como vapor pegajoso, desagradável e insalubre.

E isso, a grande quantidade de umidade em Vênus, foi a maior surpresa para os primeiros visitantes humanos; as nuvens já tinham sido observadas, claro, mas o espectroscópio não registrava a presença de água, naturalmente, pois analisava a luz refletida na superfície das nuvens mais altas, oitenta quilômetros acima da face do planeta.

A abundância de água tem consequências estranhas. Não existem mares ou oceanos em Vênus, exceto a probabilidade da existência de oceanos vastos, silenciosos e eternamente congelados no lado que não recebe Sol. No hemisfério quente a evaporação é rápida demais, e os risos que fluem das montanhas de gelo simplesmente diminuem e por fim desaparecem, secos.

Outra consequência é a natureza curiosamente instável da terra da zona crepuscular. Rios subterrâneos enormes passam invisíveis por ela, alguns fervendo, outros frios como o gelo de onde fluem. Essas são a causa das erupções de lama que tornam a habitação humana nas Terras Quentes uma aposta tão alta; uma área de solo perfeito e aparentemente seguro pode se transformar repentinamente em um oceano fervente de lama no qual, com frequência, as construções se afundam e desaparecem juntamente com seus moradores.

Não há como prever tais catástrofes; apenas nos raros afloramentos de leito rochoso a estrutura é segura e, por isso, todos os assentamentos humanos permanentes se agrupam em volta das montanhas.

Sam Hammond era um comerciante. Ele era um daqueles indivíduos aventureiros que sempre aparecem nas fronteiras e margens das regiões habitáveis. A maioria deles se enquadra em duas classes; ou são aventureiros imprudentes perseguindo o perigo, ou párias, criminosos ou não, perseguindo a solidão ou o esquecimento.

Ham Hammond não era nenhum dos dois. Ele não perseguia tais abstrações, mas a boa e sólida sedução da riqueza. Ele estava, na verdade, negociando com os nativos os esporos da planta venusiana *xixtchil*, da qual os químicos terráqueos extrairiam o tri-hidroxil-terciário-tolu-nitrilo-beta-antraquinona, o xixtline ou triplo-T-B-A que era tão eficaz nos tratamentos de rejuvenescimento.

Ham era jovem e às vezes se questionava por que os homens – e mulheres – velhos e ricos pagariam preços tão exorbitantes por mais alguns poucos anos de vigor, especialmente porque os tratamentos não chegavam a aumentar o tempo de vida, apenas produziam um tipo de juventude temporária e sintética.

Os cabelos grisalhos escureciam, as rugas desapareciam, cabeças carecas se tornavam cabeludas e então, em poucos anos, a pessoa rejuvenescida estava morta como deveria estar, de qualquer maneira. Mas enquanto o triplo-T-B-A tivesse um preço quase igual ao seu peso em rádio, ora, Ham estava disposto a correr os riscos para obtê-lo.

Na verdade, ele nunca esperara pela erupção de lama. Claro, era um perigo sempre presente, mas quando, olhando preguiçosamente pela janela de sua cabana para a planície venusiana retorcida e fumegante, ele viu repentinamente as piscinas ferventes surgindo por todos os lados, teve uma surpresa chocante.

Por um momento ele ficou paralisado; depois levantou-se imediatamente e começou a agir de maneira frenética. Vestiu a roupa térmica de borracha; prendeu os grandes sapatos de lama aos pés; amarrou a preciosa mochila com esporos da planta nos ombros, guardou um pouco de comida e então saiu ao ar livre.

O chão ainda estava semissólido, mas mesmo enquanto ele observava, o solo negro fervia em volta das paredes de metal da cabana, o cubo se inclinou um pouco e então afundou deliberadamente, sumindo de vista, e a lama engoliu e gorgolejou suavemente ao se fechar sobre o local.

Ham se conteve. Não era possível alguém ficar parado no meio de uma erupção de lama, mesmo com os sapatos de lama para ajudar. Uma vez que o material viscoso começasse a fluir sobre a borda, a infeliz vítima estaria presa; não seria capaz de levantar o pé contra a sucção, e, primeiro devagar, depois mais rápido, teria o mesmo destino da cabana.

Então, Ham começou a andar sobre o pântano fervente, com o peculiar movimento de escorregar que ele aprendera depois de muita prática, nunca levantando os sapatos de lama acima da superfície, mas escorregando-os, com cuidado para que a lama não tocasse a borda do sapato.

Era um movimento cansativo, mas absolutamente necessário. Ele escorregou como se estivesse usando sapatos de neve, seguindo para o oeste porque aquela era a direção do lado escuro, e se ele tivesse que caminhar em segurança, poderia muito bem fazer isso no frio. A área de lama era incomumente grande; ele andou pelo menos um quilômetro e meio antes de chegar a uma leve elevação no chão, e os sapatos de lama tocaram no solo sólido, ou quase sólido.

Ele estava banhado em suor e sua roupa térmica era tão quente quanto uma sauna, mas as pessoas se acostumam com isso em Vênus. Ele teria dado metade de seu suprimento de *xixtchil* em troca da oportunidade de abrir a máscara de sua veste, de puxar uma lufada até mesmo do ar vaporoso e úmido venusiano, mas aquilo era impossível; impossível, pelo menos, se ele tivesse alguma vontade de continuar vivo.

Uma lufada de ar não filtrado em qualquer lugar próximo da borda quente da zona crepuscular significava morte rápida e muito dolorosa; Ham atrairia incontáveis milhões de esporos daqueles ferozes fungos venusianos, e eles teriam brotado em massas peludas e nauseantes em suas narinas, sua boca, seus pulmões e, eventualmente, em seus ouvidos e olhos.

Respirá-los não era nem necessário; certa vez ele encontrou o corpo de um comerciante com fungos brotando da pele. O pobre camarada tinha de alguma forma feito um rasgo em sua roupa térmica, e aquilo foi suficiente.

A situação tornava o ato de comer e beber ao ar livre um problema em Vênus; era necessário esperar até que a chuva precipitasse os esporos, quando era seguro por meia hora mais ou menos. Mesmo então a água precisava ter sido fervida recentemente e a comida recém-removida da lata; senão, como já tinha acontecido com Ham mais de uma vez, a comida se transformava abruptamente em uma massa difusa de mofo que crescia quase tão rápido quanto o movimento do ponteiro dos minutos de um relógio. Uma visão nojenta! Um planeta nojento!

Essa última reflexão foi induzida pela visão de Ham do pântano que engolira sua cabana. A vegetação mais densa tinha ido embora com ela, mas de maneira ávida e esfomeada a vida já surgia, com a grama de lama se contorcendo e as bolhas de fungos chamadas "bolas ambulantes". E em toda a sua volta havia um milhão de pequenas criaturas viscosas deslizando pela lama, comendo umas às outras vorazmente, sendo despedaçadas, e cada fragmento se transformando em novas criaturas completas.

Milhares de diferentes espécies, mas todas iguais em um sentido; cada uma delas tinha apetite voraz. Em comum com a maioria dos seres venusianos, elas tinham uma multiplicidade tanto de pernas quanto de bocas; na verdade, algumas delas eram um pouco mais do que bolhas de pele divididas em dezenas de bocas famintas, que se arrastavam em centenas de patas de aranhas.

Toda a vida em Vênus é, de certa forma, parasitária. Até mesmo as plantas que extraem seu alimento diretamente do solo e do ar também têm a habilidade de absorver e digerir – e, com bastante frequência, capturar – comida animal. A competição é tão feroz naquele pedaço úmido de terra entre o fogo e o gelo que alguém que nunca viu aquilo deve ter dificuldade até mesmo para imaginar como é.

O reino animal trava uma guerra incessante contra si mesmo e contra o mundo vegetal; o mundo vegetal retalia e frequentemente supera o outro na produção de horrores predatórios monstruosos que alguém hesitaria em chamar de mundo vegetal. Um mundo terrível!

Nos poucos momentos em que Ham parou para olhar para trás, trepadeiras pegajosas enredaram suas pernas; sua roupa era impenetrável, claro, mas ele precisava cortar as coisas com a faca, e os sucos negros e nauseantes que fluíam dela manchavam suas vestes e começavam a criar pelos ao começarem a brotar. Ele estremeceu.

– Inferno de lugar! – Ham rosnou, abaixando-se para tirar os sapatos de andar na lama, que pendurou com cuidado nas costas.

Ele se arrastou pela vegetação retorcida, automaticamente desviando dos golpes desajeitados das árvores perversas enquanto elas lançavam seus laços com confiança na direção de seus braços e de sua cabeça.

De vez em quando ele passava por uma que balançava alguma criatura capturada, normalmente irreconhecível porque os fungos a envolveram formando uma mortalha felpuda, enquanto a árvore absorvia placidamente tanto a vítima quanto os fungos.

– Que lugar horrível! – murmurou Ham, chutando uma massa contorcida de pequenos vermes sem nome para tirá-los de seu caminho.

Ele refletiu; sua cabana estava situada em um local bem perto da borda quente da zona crepuscular; ficava a pouco mais de quatrocentos quilômetros da linha de sombra, embora, claro, aquilo variasse com a libração. Mas não era possível chegar muito perto da linha, de qualquer maneira, por causa das tempestades ferozes, quase inconcebíveis, que sopravam violentamente no local onde os ventos quentes superiores encontravam as rajadas geladas do lado noturno, dando origem ao grunhido doloroso das barreiras de gelo.

Assim, duzentos e quarenta quilômetros a oeste seriam suficientes para trazer frescor, para entrar em uma região temperada demais para os fungos, onde ele poderia andar em relativo conforto. E então, a não mais do que oitenta quilômetros ao norte, ficava o assentamento americano chamado *Erotia*, que recebera este nome, obviamente, em homenagem àquele filho mítico problemático de Vênus, o Cupido.

Em seguida, claro, estavam as *Montanhas da Eternidade*, não aqueles picos poderosos de trinta e dois quilômetros de altura cujos cumes são ocasionalmente vistos por telescópios terráqueos, e que sempre separam a Vênus britânica da americana, mas, pelo menos no ponto que ele pretendia atravessar, eram montanhas realmente de bastante respeito. Ele estava do lado britânico agora; não que alguém se importasse com isso. Comerciantes vinham e iam como desejavam.

Bom, aquilo significava cerca de trezentos e vinte quilômetros. Não havia motivos para ele não conseguir percorrer o caminho; ele estava armado com pistola automática e uma de fogo, e água não era problema, se fosse fervida com cuidado. Sob a pressão da necessidade, era possível até mesmo se alimentar da vida venusiana, mas era necessário estar faminto, ser feito um cozimento completo e ter estômago forte.

O problema não era tanto o gosto, mas sim a aparência, ou pelo menos foi o que lhe disseram. Ele fez uma careta; sem dúvida ele seria levado a descobrir aquilo por si mesmo, já que sua comida enlatada não poderia durar a viagem toda. Nada com o que se preocupar,

Ham repetia para si mesmo. Na verdade, havia muito com o que se animar; as sementes de *xixtchil* em sua mochila representavam toda a riqueza que ele poderia ter acumulado em dez anos de trabalho na Terra.

Nenhum perigo, e ainda assim homens haviam desaparecido em Vênus, dezenas deles. Os fungos os reivindicaram, ou algum monstro feroz sobrenatural, ou talvez um dos muitos terrores vivos desconhecidos, tanto vegetais quanto animais.

Ham caminhava com dificuldade, mantendo-se sempre nas clareiras ao redor das árvores perversas, pois esses vegetais onívoros mantinham outras formas de vida além do alcance de seus laços gananciosos. Em qualquer outro lugar o progresso era impossível, pois a selva venusiana apresentava um emaranhado tão terrível de formas retorcidas e que se debatem que alguém só conseguiria se mover cortando o que aparecia pelo caminho, passo a passo, em um trabalho infinito.

Mesmo então havia o perigo que só Deus sabe de encontrar criaturas venenosas com presas, cujos dentes poderiam penetrar a membrana protetiva da roupa térmica, e um rasgo ali significava a morte. Até mesmo as desagradáveis árvores perversas eram uma companhia preferível, pensou ele, enquanto afastava seus laços insistentes.

Seis horas depois de Ham ter começado sua jornada involuntária, choveu. Ele aproveitou a oportunidade, encontrou um local onde uma erupção de lama carregara a vegetação mais densa para longe, e se preparou para comer. Primeiro, porém, pegou um pouco da água espumosa, filtrou-a através da tela presa para aquele propósito em seu cantil e começou a esterilizá-la.

Era difícil controlar o fogo, já que o combustível seco era realmente raro nas Terras Quentes de Vênus, mas Ham jogou um tablete de térmita no líquido, e as substâncias químicas ferveram a água instantaneamente, escapando em forma de gases. Se a água ficasse com um leve sabor amoníaco – ora, aquele era o menor dos desconfortos, pensou ele ao cobri-la e deixá-la de lado para esfriar.

Ele abriu uma lata de feijão, observou por um momento para ver se não havia nenhum mofo perdido no ar para infectar a comida, e então abriu o visor do traje e engoliu rapidamente. Depois bebeu a água em temperatura ambiente e jogou com cuidado o que sobrou no compartimento de água de sua roupa, onde ele poderia sugá-la através de um tubo levando-a até a boca sem se expor mortalmente aos fungos.

Dez minutos depois de ter terminado a refeição, enquanto descansava e sonhava com a ostentação impossível de um cigarro, uma camada felpuda ganhou vida repentinamente no resto de comida que estava na lata.

II

Uma hora mais tarde, cansado e totalmente encharcado de suor, Ham encontrou um árvore Amigável, batizada assim pelo explorador Burlingame porque é um dos poucos organismos em Vênus preguiçoso o suficiente para permitir que alguém descanse em seus galhos. Assim, Ham subiu nela, ajeitou-se na posição mais confortável possível e dormiu o melhor que pôde.

Acordou cinco horas depois, de acordo com seu relógio de pulso, e as gavinhas e pequenas ventosas da árvore Amigável estavam presas em toda a sua roupa térmica. Ele as cortou com bastante cuidado, desceu da árvore e se dirigiu para o oeste.

Foi depois da segunda chuva que ele encontrou o pote de massa, como as criaturas da Vênus britânica e americana a chamam. Na faixa francesa, a chamam de *pot à colle*; e os holandeses – bom, os holandeses não são puritanos e chamam o horror simplesmente da maneira que acham que devem.

Na verdade, o pote de massa é uma criatura nauseante. É uma massa branca, mole como um protoplasma, variando em tamanho de uma célula única para, talvez, vinte toneladas de meleca. Não tem uma forma fixa; na verdade, é simplesmente uma massa de células, segundo a Lei de Proust – de fato, um câncer desencarnado, rastejante e faminto.

Ela não tem nenhuma organização nem inteligência, nem mesmo algum outro instinto além da fome. Ela se move na direção em que a comida tocar sua superfície; quando ela toca duas substâncias comestíveis, rapidamente se divide em silêncio, com a porção maior invariavelmente atacando o suprimento maior.

É invulnerável a balas; nada menos do que a terrível explosão de uma pistola de fogo a matará, e isso apenas se a explosão destruir cada célula individual. Viaja pelo chão absorvendo tudo, deixando o solo negro descoberto onde os fungos onipresentes brotam de uma só vez – uma criatura desagradável, torturante.

Ham pulou para o lado quando o pote de massa irrompeu de repente da selva à sua direita. Ela não poderia absorver a roupa térmica, claro, mas ser pego por aquela porcaria significava um rápido sufocamento. Ele olhou para ela com desgosto e ficou bastante tentado a explodi-la com sua pistola enquanto ela deslizava em alta velocidade. Ele até poderia ter feito isso, mas o homem da fronteira venusiano é bastante cuidadoso com sua pistola de fogo.

A arma precisa estar carregada com um diamante, barato e negro, claro, mas ainda assim, um item a se considerar. O cristal, quando disparado, libera toda a sua energia em uma explosão terrível que ruge como um trovão por noventa metros, incinerando tudo o que encontra pelo caminho.

A coisa rolou com um barulho de sucção e deglutição. Atrás dela se abria o caminho por onde ela passara; trepadeiras, cipós, árvores perversas – tudo havia sido varrido para a terra úmida, onde os fungos já brotavam no lodo da trilha do pote de massa.

O caminho era bem próximo daquele por onde Ham queria viajar; ele esperou a oportunidade e caminhou rapidamente, com o olhar cauteloso, porém, nas paredes ameaçadoras da selva. Em dez horas mais ou menos a abertura estaria coberta, mais uma vez, pela vida desprezível, mas agora ela oferecia uma passagem mais rápida do que esquivar-se de uma clareira para a outra.

Depois de oito quilômetros subindo a trilha, que já começava a brotar de maneira inconveniente, ele encontrou o nativo galopando em suas quatro pernas curtas, com as mãos em formato de pinça abrindo caminho para ele. Ham parou para uma conversa.

– *Murra* – disse ele.

A língua dos nativos das regiões equatoriais das Terras Quentes é estranha. Ela tem, talvez, duzentas palavras, mas quando um comerciante aprende aquelas duzentas palavras, seu conhecimento da língua é apenas um pouco maior do que aquele do homem que não conhece nada da língua.

As palavras são generalizadas, e cada som tem de uma dezena a uma centena de significados. *Murra*, por exemplo, é uma palavra usada para cumprimentar; pode significar algo bastante parecido com "olá", ou "bom dia". Mas ela também pode passar a ideia de um desafio – "em alerta!". Também significa "vamos ser amigos", e também, por mais estranho que pareça, "vamos resolver isso na força".

Ainda, a palavra pode ter o sentido de substantivo; significa paz, guerra, coragem e, também, medo. Uma língua sutil; apenas recentemente os estudos sobre inflexão começaram a revelar sua natureza para os filologistas humanos. No fim das contas, talvez o português com seus "ora", e "hora", com seus "cela", "sela", "sexta", "cesta", "assento", "acento", e uma dezena de outras semelhanças, possa também parecer uma língua estranha para os ouvidos venusianos, destreinados dos diferentes significados das palavras.

Além disso, os humanos não são capazes de ler as expressões dos rostos largos, achatados e de três olhos dos venusianos, que, na natureza das coisas, deve representar um mundo de informações entre os nativos.

Mas este acertou o sentido pretendido.

– *Murra* – respondeu ele, parando. – *Usk*?

Isso, entre outras coisas, significava, "quem é você?" ou "de onde você vem?" ou "para onde você vai?"

Ham escolheu o último sentido. Apontou para o oeste, escuro, depois levantou a mão em um arco para indicar as montanhas.

– *Erotia* – disse ele.

Aquilo, pelo menos, tinha apenas um sentido.

O nativo pensou em silêncio no que ouviu. Por fim ele grunhiu e ofereceu alguma informação. Ele moveu a garra cortante em um gesto na direção do caminho.

– *Curky* – disse ele, e depois – *Murra.*

O último pronunciamento era uma despedida; Ham se apertou no muro da selva que se contorcia para permitir que ele passasse.

Curky significava, junto com seus outros vinte sentidos, comerciante. Era a palavra normalmente usada para se referir aos humanos, e Ham sentiu uma agradável expectativa na perspectiva de ter companhia humana. Já fazia seis meses desde que ele ouvira uma voz humana além daquela que ele escutava no minúsculo rádio, agora afundado junto com sua cabana.

E, realmente, depois de andar oito quilômetros pela trilha do pote de massa, Ham alcançou, inesperadamente, uma área que acabara de ser atingida por uma erupção de lama. A vegetação chegava apenas na altura de sua cintura, e do outro lado dos quatrocentos metros da clareira ele viu uma estrutura, uma cabana de troca de mercadorias. Mas, muito mais pretensiosa do que seu cubículo com paredes de ferro; esta tinha três cômodos, um luxo desconhecido nas *Terras Quentes*, onde cada grama precisava ser transportada com dificuldade por um foguete de um dos assentamentos. Aquilo era caro, quase proibitivo. Comerciantes faziam uma verdadeira aposta, e Ham sabia que tinha sorte de sair dali com tanto lucro.

Ele caminhou sobre o solo ainda mole. As paredes estavam fechadas para a eterna luz do dia e a porta – estava trancada. Isso era uma violação do código de fronteira. As portas sempre são deixadas destrancadas; poderia significar a salvação de algum comerciante perdido, e nem mesmo a pessoa mais desonrosa roubaria de uma cabana deixada aberta por segurança.

Nem os nativos fariam isso; nenhuma criatura é tão honesta quanto os nativos venusianos, que nunca mentem, nunca roubam, embora possam, depois de avisar devidamente, matar um comerciante por causa de suas mercadorias. Mas apenas depois de um aviso justo.

Ham ficou intrigado. Por fim, chutou e pisoteou em um espaço livre na frente da porta, sentou-se ali e começou a matar as numerosas e repudiantes pequenas criaturas que subiam em sua roupa térmica. Ele esperou.

Só depois de meia hora ele viu um comerciante vindo pela clareira – um camarada baixo e magro; a roupa térmica cobria seu rosto, mas Ham conseguiu ver olhos grandes e sombrios. Ele se levantou.

– Olá! – disse ele, com alegria. – Pensei em passar aqui para uma visita. Meu nome é Hamilton Hammond. Adivinhe o meu apelido!

O recém-chegado parou de repente, então falou com uma voz curiosamente suave e rouca, decididamente com um sotaque britânico.

– Arrisco dizer "porco cozido".

Seu tom de voz era frio, nada amigável.

– Acho melhor você sair da frente e me deixar entrar. Tenha um bom dia!

Ham ficou com raiva e espantado.

– Que diabos! – soltou ele. – Você é um cara hospitaleiro, não é?

– Não. De maneira alguma.

O outro parou à porta.

– Você é americano. O que está fazendo em terras britânicas? Tem seu passaporte aí?

– Desde quando é necessário um passaporte nas Terras Quentes?

– Você está trabalhando, não está? – disse o homem esguio, direto. – Em outras palavras, caçando furtivamente. Você não tem nenhum direito por aqui. Vá embora.

O maxilar de Ham ficou rígido por trás da máscara.

– Tendo direito ou não – disse ele –, tenho direito à consideração do código da fronteira. Quero respirar e ter a chance de limpar o rosto, e também de comer. Se você abrir aquela porta, vou entrar logo atrás de você.

Uma arma automática foi mostrada para ele.

– Faça isso e você vai virar comida para os fungos.

Ham, assim como todos os comerciantes venusianos, era ousado, engenhoso e, como dizem nos Estados Unidos, "durão". Ele não vacilou, mas disse, em aparente submissão:

– Tudo bem; mas, escute, tudo o que eu quero é uma chance de comer.

– Espere a chuva – disse o outro friamente, com o corpo meio de lado, já destrancando a porta.

Quando ele virou os olhos, Ham chutou o revólver; ele saiu girando contra a parede e caiu no mato. Seu rival tentou pegar a pistola de fogo que ainda estava pendurada na cintura; Ham segurou seu pulso com força.

Instantaneamente o outro parou de lutar, enquanto Ham ficou momentaneamente surpreso ao sentir o pulso fino coberto pela roupa térmica.

– Olhe aqui! – rosnou ele. – Quero ter a oportunidade de comer, e vou fazer isso. Destranque aquela porta!

Agora ele segurava os dois pulsos do rival; o camarada parecia curiosamente delicado. Depois de um tempo, ele assentiu e Ham soltou uma mão. A porta se abriu e ele seguiu o outro para dentro.

De novo, magnificência inédita. Cadeiras sólidas, uma mesa robusta, até mesmo livros, cuidadosamente preservados, sem dúvida, por licopódio, contra os mofos vorazes que às vezes entravam nas cabanas das Terras Quentes, apesar dos filtros das telas e do spray automático. Um spray automático agora destruiria quaisquer esporas que tivessem entrado quando a porta foi aberta.

Ham sentou-se, olhando para o outro, cuja pistola de fogo ele permitira permanecer no coldre. Ele estava confiante em sua capacidade de superar o indivíduo magro e, além disso, quem se arriscaria a disparar uma pistola de fogo em um ambiente fechado? Ela simplesmente derrubaria uma parede da construção.

Então, ele começou a abrir a máscara, removendo a comida da bolsa, limpando o rosto suado enquanto seu companheiro – ou rival – continuava em silêncio. Ham observou a comida enlatada por um momento; nenhum fungo apareceu, e ele comeu.

– Por que diabos – soltou ele – você não abre o seu visor?

Como o outro continuou em silêncio, ele continuou:

– Tem medo de que eu veja seu rosto? Ora, não estou interessado nisso; não sou nenhum tira.

Nenhuma resposta.

Ele tentou de novo.

– Qual é o seu nome?

A voz fria soou.

— Burlingame. Pat Burlingame.

Ham riu.

— Patrick Burlingame está morto, meu amigo. Eu o conhecia.

Nenhuma resposta.

— E se você não quer me dizer seu nome, pelo menos não insulte a memória de um homem corajoso, um grande explorador.

— Eu agradeço — a voz era sarcástica. — Ele era meu pai.

— Outra mentira. Ele não tinha filho. Ele tinha só uma — Ham parou de falar abruptamente; uma sensação de consternação tomou conta dele. — Abra o visor! — gritou ele.

Ele viu os lábios do outro, sombrios através da roupa térmica, se virarem em um sorriso sarcástico.

— Por que não? — disse a voz suave, e a máscara caiu.

Ham engoliu em seco; por trás da máscara estavam os traços delicados de uma garota, com olhos cinzentos frios em um rosto adorável apesar do brilho de suor nas bochechas e na testa.

O homem engoliu em seco de novo. Afinal, ele era um cavalheiro, apesar de sua profissão como um dos ferozes e aventureiros comerciantes de Vênus. Ele era formado na universidade — engenheiro — e apenas a tentação do enriquecimento rápido o trouxera para as Terras Quentes.

— Me, me desculpe — gaguejou ele.

— Vocês comerciantes americanos corajosos são uns larápios! — soltou ela. — Todos vocês são tão valentes assim, a ponto de usarem força contra mulheres?

— Mas, como eu poderia saber? O que você está fazendo em um lugar como este?

— Não há motivos para eu responder às suas perguntas, mas — ela fez um gesto para o cômodo ao redor deles — estou aqui classificando a flora e a fauna das Terras Quentes. Sou Patricia Burlingame, bióloga.

Ele percebeu agora os espécimes guardados em jarros de um laboratório na câmara ao lado.

– Mas uma garota sozinha nas Terras Quentes! Isso é... é imprudente.

– Eu não esperava encontrar nenhum larápio americano – respondeu ela.

Ele enrubesceu.

– Você não precisa se preocupar comigo. Estou indo embora.

Ele levantou as mãos até o visor.

Instantaneamente, Patricia pegou uma pistola automática na gaveta da mesa.

– Você vai embora mesmo, sr. Hamilton Hammond – disse ela, com frieza. – Mas vai deixar seu *xixtchil* comigo. Isso é propriedade da Coroa; você o roubou do território britânico, e eu vou confiscá-lo.

Ele parou.

– Olhe aqui! – proclamou ele, de repente. – Arrisquei tudo o que tenho por esse *xixtchil*. Se eu o perder, estou arruinado... falido. Não vou abrir mão dele!

– Ah, mas vai.

Ele soltou a máscara e sentou-se.

– Senhorita Burlingame – disse ele –, eu não acho que a senhorita tenha coragem o suficiente para atirar em mim, mas é o que você vai ter que fazer para ficar com isso. Caso contrário, vou me sentar aqui até que você desista por exaustão.

Seus olhos cinzentos perfuraram silenciosamente os olhos azuis dele. A arma estava apontada para o seu coração, mas nenhuma bala foi disparada. Estavam em um impasse.

Por fim, a garota disse:

– Você venceu, larápio.

Ela guardou a arma no coldre vazio.

– Saia daqui, então.

– Com prazer! – respondeu ele.

Ele se levantou, colocou o dedo no visor e então baixou a mão de novo ao ouvir um grito assustado da garota. Ele se virou, suspeitando de algum truque, mas ela estava olhando para fora da janela com os olhos arregalados e apreensivos.

Ham viu a vegetação se contorcendo e depois uma vasta massa branca. Um pote de massa monstruoso avançava na direção do abrigo. Ele ouviu o baque suave do impacto, e então a janela ficou tomada pela massa pastosa quando a criatura, que não era grande o suficiente para cobrir o edifício, se dividiu em duas massas que fluíram e se fundiram do outro lado. Ele ouviu outro grito de Patrícia.

– A máscara, idiota – soltou ela. – Feche-a!

– Máscara? Por quê?

De qualquer maneira, ele a obedeceu automaticamente.

– Por quê? Aí está o porquê! Os sucos gástricos. Olhe só!

Ela apontou para as paredes; realmente, milhares de minúsculos orifícios de luz estavam aparecendo. Os sucos gástricos da monstruosidade, poderosos o bastante para atacar qualquer comida que o acaso trouxesse, corroeram o metal; era poroso; a cabana estava arruinada. Ele se engasgou quando os bolores felpudos surgiram instantaneamente dos restos de sua comida, e um pelo vermelho e verde brotou na madeira das cadeiras e mesa.

Os dois se entreolharam.

Ham riu.

– Bom – disse ele –, parece que você também é uma sem-teto. A minha cabana afundou em uma erupção de lama.

– Isso aconteceria mesmo! – respondeu Patricia, com acidez. – Vocês, ianques, não pensaram em procurar um solo raso, suponho. O leito rochoso fica a apenas dois metros abaixo, e meu lugar foi construído sobre pilares.

– Ora, você é um diabinho incrível! De qualquer maneira, o seu lugar também pode muito bem afundar. O que você vai fazer?

– Fazer? Não se preocupe. Sou muito capaz de lidar com isso.

– Como?

– Não é da sua conta, mas tenho um foguete que vem todo mês.

– Então, você deve ser milionária – comentou ele.

– A *Royal Society* – disse ela, com frieza – está financiando esta expedição. O foguete vem...

Ela parou; Ham a achou um pouco pálida atrás da máscara.

– Vem quando?

– Ora, acabou de vir, dois dias atrás. Tinha me esquecido.

– Entendo. E você acha que vai simplesmente ficar aqui um mês esperando por ele. É isso?

Patricia olhou para ele de maneira desafiadora.

– Você sabe – ele voltou a falar – o que seria de você em um mês? Faltam dez dias para o verão, e olhe só para a sua cabana.

Ele fez um gesto indicando as paredes, onde manchas marrons e enferrujadas se formavam; quando ele se movimentou, um pedaço do teto do tamanho de um pires caiu fazendo um barulho.

– Em dois dias esta coisa vai estar arruinada. O que você fará durante quinze dias de verão? O que você fará sem abrigo quando a temperatura chegar a sessenta e cinco, setenta graus Celsius? Vou lhe dizer: você vai morrer.

Ela não disse nada.

– Você será uma massa nojenta de fungos antes que o foguete retorne – disse Ham. – E então uma pilha de ossos que vai despencar com a primeira erupção de lama.

– Fique quieto! – soltou ela.

– O silêncio não vai ajudar. Agora, vou lhe dizer o que você pode fazer. Você pode pegar as suas coisas e seus sapatos para lama e caminhar comigo. Poderemos chegar às Terras Frias antes do verão, se você puder andar tão bem quanto fala.

— Ir embora com um ianque larápio? Acho que não!

— E então — continuou ele, imperturbável — podemos atravessar tranquilamente em direção a *Erotia*, uma boa cidade americana.

Patricia esticou o braço para pegar a mala de primeiros socorros e a colocou sobre os ombros. Ela pegou um maço grosso de notas, escrito em anilina, na roupa térmica, removeu alguns moldes errantes e o colocou na mochila. Pegou um par pequeno de sapatos para andar na lama e virou-se deliberadamente na direção da porta.

— Então você vem comigo? — ele riu.

— Eu vou — respondeu ela, com frieza — para a excelente cidade britânica de *Venoble*. Sozinha!

— *Venoble*! — arfou ele. — Isso fica a trezentos e vinte quilômetros ao sul! Atravessando as Montanhas da Eternidade, também!

III

Patricia passou silenciosamente pela porta e virou-se para o oeste, na direção das Terras Frias. Ham hesitou por um momento, e então a seguiu. Ele não podia permitir que a garota se aventurasse naquela jornada sozinha; como ela ignorou sua presença, ele simplesmente andou alguns passos atrás dela, caminhando penosamente e com raiva.

Por três horas ou mais eles caminharam com dificuldade sob a luz do dia sem fim, esquivando-se dos golpes das árvores perversas, mas em sua maior parte seguindo o rastro ainda bastante aberto do primeiro pote de massa.

Ham estava impressionado com a graça ágil e flexível da garota, que se esgueirava pelo caminho com a habilidade segura de um nativo.

Então uma lembrança lhe veio à mente; ela era uma nativa, de certa maneira. Ele se lembrou agora que a filha de Patrick Burlingame foi a primeira criança humana nascida em Vênus, na colônia de *Venoble*, fundada por seu pai.

Ham se lembrou das notícias de jornal quando ela fora enviada para a Terra para ser educada, uma criança de oito anos; na época ele tinha treze. Agora ele tinha vinte e sete, o que significava que Patricia Burlingame tinha vinte e dois.

Os dois não disseram nenhuma palavra até que a garota, por fim, se virou brava.

– Vá embora – soltou ela.

Ham parou.

– Não estou incomodando você.

– Mas eu não quero um guarda-costas. Eu me viro melhor do que você nas Terras Quentes!

Ele não argumentou contra isso. Continuou em silêncio e, depois de um momento, ela soltou:

– Odeio você, ianque! Nossa, como odeio você!

Ela se virou e continuou caminhando com dificuldade.

Uma hora depois a erupção de lama os atingiu. Sem aviso, uma lama aquosa ferveu ao redor de seus pés, e a vegetação balançou de maneira descontrolada. Rapidamente eles colocaram os sapatos para andar na lama, enquanto as plantas mais pesadas afundavam com os gorgolejos taciturnos ao redor deles. Mais uma vez, Ham se maravilhou com a habilidade da garota; Patricia atravessou a superfície em uma velocidade que ele não conseguia acompanhar, deixando-o bem para trás.

De repente, ele a viu parar. Era perigoso fazer isso em uma erupção de lama; apenas uma emergência poderia explicar o fato. Ele se apressou; e trinta metros adiante ele descobriu o motivo. Uma tira de seu sapato direito rasgara, e ali estava ela indefesa, equilibrando-se sobre o pé esquerdo, enquanto o restante do sapato afundava devagar. Até mesmo agora a lama negra escorria pela beirada.

Ela olhou para ele quando ele se aproximou. Ele se arrastou para o lado dela, e ao ver sua intenção ela disse:

– Você não vai conseguir.

Ham inclinou-se com cuidado, colocando os braços em volta de seus joelhos e ombros. Os sapatos de lama dela já estavam afundados, mas com bastante força ele os levantou, chegando com os próprios sapatos de maneira perigosa bem perto da superfície. Com uma grande sucção, ela se libertou e ainda ficou nos braços dele, para não o desequilibrar enquanto ele saía de novo dali movendo-se cuidadosamente sobre a superfície traiçoeira. Ela não era pesada, mas a situação era tensa, e a lama escorregava e gorgolejava na borda de seus sapatos em forma de tigela. Embora Vênus tenha uma superfície com gravidade um pouco menor do que a da Terra, em uma semana mais ou menos as pessoas se acostumam com ela, e os vinte por cento de vantagem em peso parecem desaparecer.

A noventa metros dali o solo ficou firme. Ele a colocou no chão e soltou seus sapatos de lama.

– Obrigada – disse ela com frieza. – Isso foi corajoso.

– De nada – respondeu ele, secamente. – Acho que isso termina com qualquer ideia que você tenha sobre viajar sozinha. Sem os dois sapatos para andar na lama, a próxima erupção será a última para você. Vamos caminhar juntos?

A voz dela estremeceu.

– Eu consigo fazer outro sapato com casca de árvore.

– Nem mesmo um nativo seria capaz de andar em uma casca de árvore.

– Então – disse ela – vou simplesmente esperar um dia ou dois para a lama secar e cavar à procura do sapato que perdi.

Ele riu e gesticulou na direção dos acres de lama.

– Cavar onde? – argumentou ele. – Você vai ficar aqui até o verão chegar, se tentar fazer isso.

Ela cedeu.

– Você ganhou de novo, ianque. Mas apenas até as Terras Frias; depois você vai para o norte e eu vou para o sul.

Eles continuaram caminhando. Patricia era tão incansável quanto o próprio Ham e era muito mais adepta do saber das Terras Quentes. Embora eles conversassem pouco, ele nunca parou de pensar na habilidade que ela tinha em pegar a rota mais rápida, e ela sentia os golpes das árvores perversas sem nem olhar para elas. Mas foi quando eles por fim pararam, depois que uma chuva lhes trouxera a oportunidade de fazer uma refeição rápida, que ele teve um motivo real para agradecê-la.

– Dormir? – sugeriu ele, e ela assentiu.

– Tem uma árvore Amigável.

Ele se moveu na direção dela, com a garota atrás dele.

De repente ela segurou o braço dele.

– É um Fariseu! – exclamou ela, jogando-o para trás.

Aquilo foi bem a tempo! A falsa árvore Amigável atacou com um golpe terrível que não o acertou por alguns centímetros. Não era uma árvore Amigável e sim uma imitação, aguardando com sua aparência inofensiva a presa que estava fora do alcance, pronta para atacar com suas pontas afiadas como facas.

Ham arfou.

– O que é isso? Nunca vi isso antes.

– Um Fariseu! Apenas se parece com uma árvore Amigável.

Ela pegou sua arma automática e atirou no tronco negro, pulsante.

Uma corrente escura jorrou e o mofo onipresente ganhou vida em volta do buraco. A árvore estava condenada.

– Obrigado – disse Ham, de maneira estranha. – Acho que você salvou minha vida.

– Estamos quites agora.

Ela olhou para ele, nivelando os olhos.

– Entendeu? Estamos quites.

Mais tarde eles encontraram uma verdadeira árvore Amigável e dormiram. Ao acordar, voltaram a caminhar, e dormiram de novo, e assim fizeram durante os três próximos dias sem noite. Não houve mais erupções de lama ao redor deles, mas todos os outros terrores das Terras Quentes estavam bem em evidência. Potes de massa atravessavam o caminho, cobras sibilavam e golpeavam, as árvores perversas lançavam laços sinistros e um milhão de pequenas coisas rastejantes se contorciam sob seus pés ou caíam sobre seus trajes.

Certa vez encontraram um unípede, uma criatura estranha que se parece com um canguru, que pula, atravessando a floresta sobre uma única perna poderosa, e joga o bico de três metros para espetar a presa.

Quando Ham errou seu primeiro tiro, a garota o derrubou no meio de um salto para se debulhar nas garras ávidas das árvores perversas e dos fungos impiedosos.

Em outra ocasião, Patricia ficou com os dois pés presos em um laço de uma árvore perversa que estava, por algum motivo desconhecido, no chão. Quando ela pisou no meio dela, a árvore fez um movimento brusco e a colocou de cabeça para baixo a uns três metros do chão, e ela ficou pendurada, indefesa, até que Ham conseguiu libertá-la. Sem dúvida, qualquer um dos dois teria morrido sozinho em uma dessas várias ocasiões; juntos eles conseguiram superar os desafios.

Ainda assim, nenhum dos dois aliviou a atitude fria e hostil que se tornara habitual entre eles. Ham nunca se dirigia à garota, a não ser que fosse necessário, e ela, nos raros momentos em que se falavam, só o chamava de ianque larápio. Apesar disso, o homem algumas vezes se pegava lembrando da beleza picante de suas características, seus cabelos castanhos e olhos acinzentados, quando ele os enxergou nos breves momentos em que a chuva tornara seguro que eles abrissem os visores.

Por fim, certo dia soprou um vento do oeste, trazendo com ele um frescor que parecia o ar vindo do Paraíso para eles. Era o Vento Inferior, o vento que soprava da metade congelada do planeta, que trazia o frescor para além da barreira de gelo. Quando Ham, de maneira experimental, raspou a pele de uma erva daninha que se contorcia, os fungos apareceram mais devagar e com dispersão encorajadora; eles estavam se aproximando das Terras Frias.

Encontraram uma árvore Amigável com seus corações leves; mais um dia de caminhada deveria levá-los às terras altas onde uma pessoa pode andar solta, livre dos fungos, já que eles não conseguiam brotar em temperatura muito menor do que vinte e seis graus Celsius.

Ham acordou primeiro. Por um tempo ele ficou olhando silenciosamente para a garota, sorrindo ao ver a maneira como os galhos da árvore a envolveram em seus braços carinhosos. Eles estavam simplesmente com fome, claro, mas parecia um tipo de carinho. Seu sorriso se tornou um pouco triste quando ele percebeu que chegar às Terras Frias significava se separarem, a menos que ele conseguisse mudar aquela ideia insana e determinada dela de atravessar as Montanhas da Eternidade.

Ele suspirou e alcançou sua mochila presa em um galho entre eles, e de repente um grito de raiva e assombro saiu dele.

As sementes de *xixtchil*! A bolsa da roupa térmica estava rasgada; elas tinham desaparecido.

Patricia acordou assustada com seu grito. Então, por trás da máscara, ele percebeu um sorriso irônico e zombador.

– Meu *xixtchil*! – rugiu ele. – Onde está?

Ela apontou para baixo. Lá, entre os crescimentos menores, havia um pequeno monte de fungos.

– Lá – disse ela, com frieza. – Lá embaixo, larápio.

– Você – ele engasgou com a raiva.

– Sim. Eu rasguei a bolsa enquanto você dormia. Você não vai contrabandear nenhuma riqueza roubada do território britânico.

Ham estava branco, incapaz de falar.

– Sua bandida! – soltou ele, por fim. – Aquilo era todo centavo que eu tinha.

– Mas era roubado – ela o lembrou com prazer, balançando os pés delicados.

A raiva o deixou trêmulo. Ele olhou para ela, a luz entrou pela roupa térmica translúcida, delineando seu corpo e suas pernas torneadas na sombra.

– Vou matar você! – murmurou ele, tenso.

Ele fechou a mão e a garota riu suavemente. Com um rugido de desespero, ele colocou a mochila nos ombros e pulou para o chão.

– Espero, espero que você morra nas montanhas – disse ele em tom sombrio e saiu andando em direção ao oeste.

Depois de andar cerca de noventa metros, ele ouviu a voz dela.

– Ianque! Espere um pouco!

Ele não parou nem olhou para trás, apenas continuou andando.

Meia hora depois, ao olhar para trás do topo de uma elevação, Ham percebeu que ela o seguia. Ele se virou e começou a andar depressa. O caminho agora era para cima, e sua força começou a superar a velocidade e habilidade dela.

Na próxima vez que ele verificou, ela era um pontinho se arrastando lá atrás, movendo-se, ele imaginou, com teimosia cansada. Ele franziu a testa para ela; pensou que uma erupção de lama a encontraria totalmente indefesa, sem os sapatos de lama, que eram de importância vital.

Depois percebeu que eles estavam além da região das erupções de lama, ali nos pés das Montanhas da Eternidade. De qualquer maneira, ele decidiu, de maneira sombria, que não se importava com isso.

Durante um tempo Ham andou paralelo a um rio, sem dúvida um afluente sem nome do *Phlegethon*. Até então não houvera necessidade de atravessar cursos de água, já que naturalmente todas as correntes em Vênus fluíam da barreira de gelo através da zona crepuscular para o lado quente, e, então, coincidiam com a direção que eles estavam seguindo.

Mas agora, assim que alcançasse os planaltos e virasse para o norte, ele encontraria os rios. Eles teriam que ser cruzados tanto em toras ou, se houvesse oportunidade e o riacho fosse estreito, pelos galhos das árvores Amigáveis. Colocar o pé na água significava a morte; criaturas ferozes, com presas, assombravam os riachos.

Ele quase experimentou uma catástrofe na beirada do planalto. Foi enquanto ele andava por uma clareira de árvores perversas; de repente houve um surto de decomposição branca, e a árvore e as paredes da selva desapareceram, transformando-se na forma de um gigantesco pote de massa.

Ele ficou encurralado entre o monstro e um pedaço impenetrável de vegetação, então fez a única coisa que poderia fazer. Pegou a pistola e atirou. A explosão rugiu terrivelmente, incinerou toneladas de imundície pastosa e deixou alguns pequenos fragmentos se arrastando e se alimentando dos escombros.

A explosão também, como normalmente acontece, estilhaçou o cano da arma. Ele suspirou enquanto se dedicava ao trabalho de quarenta minutos para repor o cano – nenhum habitante verdadeiro das

Terras Altas deixa para fazer isso depois –, pois o cano custara quinze bons dólares americanos, dez pelo diamante barato que explodira, e cinco pelo cano. Aquele valor não era nada quando ele tinha o *xixtchil*, mas agora era um valor real. Ele suspirou de novo ao descobrir que o cano reserva era o último; ele fora forçado a economizar em tudo quando se preparou para partir.

Ham por fim chegou ao planalto. A vegetação feroz e predatória das Terras Quentes crescia de maneira escassa; ele começou a encontrar plantas de verdade, que não podiam se mover, e o Vento Inferior soprava frio em seu rosto.

Ele estava em um tipo de vale alto; à direita havia os picos cinzentos das Eternidades Menores, além das quais ficava *Erotia*, e à esquerda, como uma muralha poderosa e brilhante, ficavam as vastas colinas Cordilheira Maior, cujos picos estavam perdidos nas nuvens vinte e cinco quilômetros acima.

Ele olhou para a abertura da acidentada Passagem do Maluco, que separava dois picos colossais; a passagem em si tinha 7,6 mil metros de altura, mas as montanhas a ultrapassavam em mais de cinquenta mil. Um único homem atravessara aquela fenda irregular a pé – Patrick Burlingame –, e aquele era o caminho que sua filha pretendia seguir.

À frente, visível como uma cortina de sombra, jazia a beirada noturna da zona crepuscular, e Ham podia enxergar os relâmpagos incessantes que piscavam eternamente nesta região de tempestades sem fim. Era aqui que a barreira de gelo atravessava as Montanhas da Eternidade, e o vento interno frio, empurrado pela fileira poderosa, encontrava os Ventos Superiores quentes em uma luta que resultava em uma tempestade contínua, aquele tipo de tempestade que apenas em Vênus poderia acontecer. O rio *Phlegethon* tinha sua nascente em algum lugar lá atrás.

Ham examinou o panorama incrivelmente magnífico. Amanhã, ou

melhor, depois de descansar, ele tomaria o rumo do norte. Patricia iria para o sul e, sem dúvida, morreria em algum lugar na Passagem do Maluco. Por um momento ele experimentou uma estranha sensação de dor, e então franziu a testa amargamente.

Que morresse, então, se era tola o suficiente para se aventurar pela passagem sozinha só porque era orgulhosa demais para pegar um foguete em um assentamento americano. Ela merecia isso. Ele não ligava; ele ainda estava se convencendo disso enquanto se preparava para dormir, não em uma árvore Amigável, mas em um dos espécimes muito mais amigáveis de vegetação verdadeira na ostentação de um visor aberto.

Acordou com alguém chamando seu nome. Ele olhou através do planalto e viu Patricia passando pela linha divisória e por um momento se perguntou como ela conseguiu rastreá-lo, uma façanha realmente difícil em um lugar onde a vegetação se espalha instantaneamente atrás do caminho de alguém. Então ele se lembrou da explosão de sua pistola; o clarão e o som eram carregados por quilômetros, e ela deve ter ouvido o barulho ou visto o clarão.

Ham a viu olhando ansiosamente ao redor.

– Ham! – ela gritou de novo. Não disse ianque ou larápio, mas "Ham"!

Ele manteve um silêncio taciturno; ela o chamou de novo. Ele podia enxergar seus traços dourados e atraentes agora; ela tirara o capuz da roupa térmica. Ela gritou de novo. Com um sutil encolher de ombros desanimado, ela se virou para o sul na divisa, e ele a observou partir em um silêncio sombrio. Quando a floresta a escondeu de vista, ele desceu e se virou devagar para o norte.

Bem devagar, seus passos se arrastavam. Era como se ele estivesse preso a alguma corda invisível. Ele continuou com a imagem do rosto ansioso dela e ouvindo seu chamado triste. Ela estava caminhando para a morte, ele acreditava, e, afinal, apesar do que ela lhe fizera, ele não queria aquilo. Ela era muito cheia de vida, confiante, jovem e, acima de tudo, adorável demais para morrer.

Sim, ela era arrogante, diabólica, perversa, fria como cristal e hostil, mas ela tinha olhos cinzentos e cabelos castanhos, e era corajosa. E por fim, com um gemido de exasperação, ele parou seus passos arrastados, virou-se e correu a uma velocidade quase ansiosa para o sul.

Rastrear a garota era fácil para alguém treinado nas Terras Quentes. A vegetação começava a se juntar devagar, aqui nas Terras Frias, e vez ou outra ele encontrava rastros de seus pés, ou galhos quebrados marcando sua passagem. Ele encontrou o lugar onde ela atravessara o rio pelos galhos das árvores, e descobriu onde tinha parado para comer.

Mas viu que ela estava ganhando dele; sua habilidade e velocidade não batiam com a dele, e o rastro começou a ficar cada vez mais antigo. Por fim, ele parou para descansar; o planalto começava a curvar para cima em direção às vastas Montanhas da Eternidade, e no solo ascendente ele sabia que conseguiria alcançá-la. Então ele dormiu um pouco ostentando o conforto de não precisar usar a roupa térmica, apenas shorts e a camisa que ele usava embaixo dela. Fazer aquilo era seguro ali; o Vento Inferior eterno, soprando sempre na direção das Terras Quentes, afastava os fungos, e qualquer um que fosse trazido na pele de animais morria rapidamente ao sentir a primeira rajada de vento. Da mesma maneira, as plantas das Terras Frias não atacariam seu corpo.

Ele dormiu por cinco horas. O "dia" seguinte de viagem trouxe outra mudança no local. A vida na base das colinas era espessa comparada à nos planaltos; a vegetação não era mais uma selva, mas uma floresta, não uma floresta terráquea, é verdade, em que cresciam coisas parecidas com árvores cujos troncos subiam a cento e cinquenta metros e então se espalhavam, não em folhagens, mas em apêndices floridos. Apenas uma ou outra árvore perversa o fazia se lembrar das Terras Quentes.

Mais para a frente, conforme as florestas iam diminuindo, apareciam grandes afloramentos rochosos e vastos penhascos vermelhos sem nenhum tipo de vegetação. Aqui e ali ele encontrou enxames das únicas criaturas aéreas do planeta, os espanadores cinzentos parecidos com mariposas, grandes como os falcões, mas tão frágeis que um sopro os despedaçava. Eles disparavam pelos ares, descendo às vezes para agarrar pequenas coisas que se contorciam e tilintavam em suas vozes curiosas que pareciam sinos. E, aparentemente quase acima dele, embora ainda a uns cinquenta quilômetros de distância, estavam as Montanhas da Eternidade, seus picos perdidos nas nuvens que giravam vinte e quatro quilômetros acima de sua cabeça.

Aqui, de novo, ficava difícil encontrar os rastros, pois Patricia sempre escalava as rochas nuas. Mas, aos poucos, os sinais ficaram mais frescos; mais uma vez sua força maior começou a fazer diferença. E então ele a viu, na base de uma escarpa colossal separada por um cânion estreito, cheio de árvores.

Ela olhava primeiro para o poderoso precipício, depois para a fenda, obviamente se perguntando se havia como escalar a barreira, ou se era necessário circular o obstáculo. Assim como ele, ela descartara a roupa térmica e usava a camisa e os shorts comuns das Terras Frias que, afinal, não são tão frias para os padrões terrestres. Ela parecia, ele pensou, uma adorável ninfa da floresta das antigas encostas de Pelion.

Ele se apressou quando ela se direcionou para o cânion.

– Pat! – gritou ele; aquela era a primeira vez que ele falava seu nome.

Uns trinta metros dentro da passagem e ele a alcançou.

– Você! – Ela arfou.

Ela parecia cansada; estava correndo havia horas, mas uma luz de entusiasmo brilhou em seus olhos.

– Achei que você tinha... tentei encontrar você.

O rosto de Ham não mostrava nenhum brilho em retorno.

– Ouça bem, Pat Burlingame – disse ele, com frieza. – Você não merece consideração alguma, mas eu não consigo ver você caminhando para a morte. Você é teimosa pra diabo, mas é mulher. Vou levar você para *Erotia*.

O entusiasmo dela desapareceu.

– É mesmo, larápio? Meu pai atravessou esse caminho. Também posso fazer isso.

– Seu pai atravessou no meio do verão, não foi? E o meio do verão é hoje. Você não vai conseguir chegar à Passagem do Maluco em menos de cinco dias, cento e vinte horas, e nesse tempo já será inverno, e essa longitude estará próxima da linha da tempestade. Você é uma tola.

Ela enrubesceu.

– A passagem é alta o suficiente para ficar nos Ventos Superiores. Vai estar quente.

– Quente! Sim, quente por causa dos relâmpagos.

Ele parou. O barulho fraco de um trovão rugiu pelo cânion.

– Ouça isso. Em cinco dias ele estará bem acima de nós.

Ele apontou para as encostas totalmente áridas.

– Nem mesmo a vida venusiana pode se firmar lá em cima, ou você acha que seu corpo tem ferro o suficiente para servir de para-raios? Bom, talvez seu coração tenha ferro o suficiente.

A raiva a inflamou.

– Melhor o relâmpago do que você! – disse Patricia, e então ela de repente se acalmou.

– Eu tentei chamar você de volta – disse ela, irrelevante.

– Para rir de mim – respondeu ele, com amargura.

– Não. Para lhe dizer que eu sentia muito, e que...

– Eu não quero suas desculpas.

– Mas eu queria lhe dizer que...

– Deixe pra lá – disse ele, rapidamente. – Não estou interessado no que você tem para dizer. O mal já está feito.

Ele franziu a testa friamente para ela.

– Mas eu... – disse Patricia, com timidez.

Um estrondo e um gorgolejar a interromperam, e ela gritou quando um pote de massa gigantesco apareceu, um colosso que encheu o cânion de parede a parede até uma altura de dois metros enquanto avançava na direção deles. Os terrores eram mais raros nas Terras Frias, mas maiores, já que a abundância de comida nas Terras Quentes os subdividia. Mas este era gigante, monstruoso, toneladas e toneladas de decomposição nauseante e fedida subindo pelo caminho estreito. Eles estavam encurralados.

Ham pegou a pistola de fogo, mas a garota alcançou seu braço.

– Não, não! – gritou ela. – Está perto demais! Ele vai se esparramar!

Patricia estava certa. Como não estavam protegidos pela roupa térmica, o toque de um fragmento daquela monstruosidade era mortal; além disso, com a explosão da pistola de fogo, pedaços espirrariam neles. Ele segurou seu pulso e eles saíram voando para cima do cânion, procurando uma distância suficiente para arriscar um tiro. E cerca de três metros atrás deles vinha o pote de massa, viajando cegamente na única direção que podia – na direção da comida.

Eles conseguiram. Então, abruptamente, o cânion, que vinha virando em um ângulo a sudoeste, virou abruptamente para o sul. A luz do Sol, que ficava eternamente voltado para o leste, estava escondida; eles estavam em um poço de sombra perpétua, e o solo era uma rocha pelada e sem vida. Ao chegar àquele ponto, o pote de massa parou; sem nenhuma organização, nenhum desejo, ele não podia se mover quando nenhum alimento lhe indicava uma direção. Era um monstro que apenas o clima fervilhante de Vênus podia abrigar; vivia apenas para comer sem parar.

Os dois pararam na sombra.

– E agora? – murmurou Ham.

Era impossível atirar na massa por causa do ângulo; uma explosão destruiria apenas a porção que conseguisse alcançar.

Patricia deu um salto e pegou um arbusto que serpenteava na parede, colocado de maneira que recebesse um fraco raio de luz. Ela o jogou contra a massa pulsante; todo o pote de massa se lançou para a frente uns trinta centímetros.

– Atraia-o – sugeriu ela.

Eles tentaram. Era impossível, a vegetação era escassa demais.

– O que vai acontecer com a coisa? – perguntou Ham.

– Vi uma encalhada na beira do deserto nas Terras Quentes – respondeu a garota. – Ela ficou tremendo por um tempão, e então as células atacaram umas às outras. Elas comeram a si mesmas. – Ela estremeceu. – Foi... terrível!

– Quanto tempo demorou?

– Ah, de quarenta a cinquenta horas.

– Não vou esperar esse tempo todo – rugiu Ham.

Ele procurou na mochila e pegou a roupa térmica.

– O que você vai fazer?

– Vou vestir isso e tentar acertar aquela massa de uma distância mais próxima.

Ele colocou o dedo na pistola.

– Esse é o meu último cano – disse ele sombriamente, mas depois mais esperançoso. – Mas temos o seu.

– A câmara da minha quebrou na última vez que a usei, dez ou doze horas atrás. Mas tenho vários canos.

– Isso é o suficiente! – disse Ham.

Stanley G. Weinbaum

Ele se arrastou com cuidado em direção à terrível e pulsante parede branca. Esticou a arma, para que ela cobrisse o maior ângulo, e puxou o gatilho, então o rugido e a explosão de fogo ecoaram pelo cânion. Pedaços do monstro se esparramaram em volta dele, e o que restou daquele ser, diminuído pela incineração de toneladas de sujeira, agora tinha apenas um metro de espessura.

– O cano aguentou! – gritou ele, triunfante.

Isso economizou bastante tempo.

Cinco minutos depois a arma foi disparada de novo. Quando a massa de monstruosidade parou de arfar, restava apenas quarenta e cinco centímetros de profundidade, mas o cano fora estraçalhado.

– Vamos ter que usar o seu – disse ele.

Patricia entregou um cano, Ham o pegou e então olhou para ele com desprezo. Os canos de sua arma Enfield eram muito menores do que o da pistola americana dela.

Ele rugiu.

– Mas que idiota! – ele soltou.

– Idiota! – respondeu ela. – Porque vocês, ianques, usam morteiros de trincheira em seus canos?

– Eu estava falando de mim. Eu devia ter imaginado isso.

Ele deu de ombros.

– Bom, precisamos escolher agora se esperamos aqui para que o pote de massa se coma, ou podemos tentar encontrar outra maneira de sair desta armadilha. E meu palpite é que este cânion é furada.

Era provável, Patricia admitiu. A fenda estreita era o produto de uma elevação vasta, antiga, que dividiu a montanha ao meio. Já que não era o resultado de uma erosão de água, era possível que a fenda terminasse abruptamente em um precipício impossível de se escalar, mas era possível, também, que em algum lugar aquelas paredes íngremes pudessem ser superadas.

– De qualquer maneira, temos tempo de sobra – concluiu ela. – Podemos tentar também. Além disso...

Ela enrugou o nariz para o odor nojento do pote de massa.

Ainda usando a roupa térmica, Ham a seguiu pelo meio crepúsculo sombrio. A passagem se estreitou, então virou para o oeste novamente, mas agora as paredes eram tão altas e íngremes que o Sol, ligeiramente a sudeste, não conseguia enviar luz alguma para dentro. Era um lugar de sombras como a região da linha da tempestade que divide a zona crepuscular do hemisfério escuro, não a verdadeira noite, não um dia de verdade ainda, mas um estado de meia luz.

À frente dele os membros bronzeados de Patricia mostravam uma coloração pálida, e quando ela falava sua voz ecoava de maneira estranha entre os penhascos do lado oposto. Um lugar estranho, esse abismo, um lugar sombrio e desagradável.

– Não gosto disso – disse Ham. – Essa passagem está indo cada vez mais para dentro da escuridão. Você entende que ninguém sabe o que existe nas partes escuras das Montanhas da Eternidade?

Patricia riu, o som era fantasmagórico.

– Que perigo pode haver? De qualquer maneira, ainda temos nossas pistolas automáticas.

– Não tem nenhum caminho por aqui – resmungou Ham. – Vamos voltar.

Patricia olhou para ele.

– Está com medo, ianque? – Ela baixou o tom de voz. – Os nativos dizem que estas montanhas são assombradas – ela continuou zombando. – Meu pai me disse que viu coisas estranhas na Passagem do Maluco. Você sabia que, se há vida no lado noturno, aqui é o único lugar em que ela colidiria com a zona crepuscular? Aqui nas Montanhas da Eternidade?

Ela o estava provocando; Pat riu de novo. E, repentinamente, sua risada foi repetida em uma cacofonia hedionda que ecoou das laterais dos penhascos acima deles em uma mistura horrível.

Ela empalideceu; agora era Patricia quem estava assustada. Eles olharam apreensivos para as paredes rochosas onde sombras estranhas tremeluziam e se moviam.

– O que... o que foi isso? – sussurrou ela.

E então:

– Ham! Você viu isso?

Ham tinha visto. Uma forma selvagem voara na faixa de céu, pulando de penhasco para penhasco muito acima deles. E, de novo, veio um pio que soou como uma risada, enquanto as formas sombrias se moviam, parecendo moscas, nas paredes escarpadas.

– Vamos voltar! – arfou ela. – Rápido!

Quando ela se virou, um pequeno objeto preto caiu e se quebrou com um estouro sombrio à frente deles. Ham ficou olhando para aquilo. Uma semente, um saco de esporos de alguma variedade desconhecida. Uma nuvem preguiçosa e escura pairou sobre ele, e de repente os dois estavam tossindo violentamente. Ham sentiu a cabeça girar e Patricia encostou nele.

– É narcótico! – arfou ela. – Para trás!

Mas, mais uma dezena daquilo quebrou em volta deles. Os esporos sombrios giravam em redemoinhos escuros e respirar era uma tormenta. Eles estavam sendo drogados e sufocados ao mesmo tempo.

Ham teve uma rápida ideia.

– Máscara! – Ele tossiu, e puxou a roupa térmica sobre o rosto.

O filtro que mantinha longe os fungos das Terras Quentes limpou esses esporos do ar também; sua cabeça estava clara agora. Mas a roupa de Patricia estava em algum lugar na mochila; ela estava atrapalhada procurando-a. Abruptamente, ela se sentou, oscilante.

– Minha mochila – murmurou ela. – Leve-a com você. Seu... seu...
Ela teve um ataque de tosse.

Ele a arrastou para baixo de uma saliência rasa e pegou sua roupa térmica na mochila.

– Vista isto! – disse ele.

Uma grande quantidade de sementes estourava.

Uma figura esvoaçou silenciosamente na parede de pedra. Ham observou seu progresso, então mirou sua arma automática e atirou. Houve um guincho, um grito rouco, respondido por um coro de ululações dissonantes, e algo do tamanho de um homem caiu rodopiando a menos de três metros de seus pés.

A coisa era terrível. Ham olhou aterrorizado para a criatura que não era diferente de um nativo, com três olhos, duas mãos, quatro pernas, mas as mãos, embora tivessem dois dedos como a dos habitantes das Terras Quentes, não eram em formato de pinça, mas eram brancas e tinham garras.

E o rosto! Não era aquele rosto largo e sem expressão como o dos outros, mas um rosto oblíquo, malévolo e sombrio, e cada olho tinha o dobro do tamanho daqueles dos nativos. Não estava morto. Olhava com ódio, e agarrou uma pedra e arremessou contra ele com uma maldade fraca. E então morreu.

Ham não sabia o que era aquilo, claro. Na verdade, era um *Triops noctivivans* – o "habitante de três olhos da escuridão", o ser estranho e semi-inteligente que ainda é a única criatura conhecida do lado noturno, e um membro daquele feroz remanescente ainda ocasionalmente encontrado nas partes sem Sol das Montanhas da Eternidade. Talvez seja a criatura mais maldosa dos planetas conhecidos, absolutamente hostil e que se delicia com a matança.

Com o barulho do tiro, a chuva de sementes cessou, e um coro de gargalhadas se seguiu. Ham aproveitou a pausa para puxar a roupa térmica sobre o rosto da garota; ela desmaiara com a roupa no meio do caminho.

Então um estalo agudo soou, e uma pedra ricocheteou, atingindo seu braço. Outras coisas voavam ao seu redor, passando por ele, rápidas como balas de revólver. Figuras pretas brilhavam ao darem grandes saltos no céu, e suas risadas ferozes pareciam zombeteiras. Ele atirou em uma no ar; ouviu novamente o grito de dor, mas a criatura não caiu.

Pedras o atingiram. Eram todas pequenas, do tamanho de seixos, mas foram arremessadas com tanta força que zumbiram ao passar por ele, e rasgaram sua pele através da roupa térmica. Ele virou Patricia de bruços, mas ela gemeu quando um projétil atingiu suas costas. Ele a protegeu com o próprio corpo.

A situação era muito difícil. Ele precisava arriscar uma corrida para voltar, mesmo com o pote de massa bloqueando o caminho. Talvez, ele pensou, usando a roupa térmica ele conseguisse passar pela criatura. Ele sabia que aquela era uma ideia insana; a massa grudenta se enrolaria nele até sufocá-lo, mas ele não tinha outra alternativa. Pegou a garota nos braços e subitamente saiu correndo cânion abaixo.

Sons, gritos e um coro de risadas zombeteiras ecoaram em volta dele. Pedras o atingiam por todos os lados. Uma delas ricocheteou em sua cabeça, fazendo-o tropeçar e cambalear contra o penhasco. Mas ele correu de maneira obstinada; ele sabia o que o movia. Era a garota que ele carregava; ele precisava salvar Patricia Burlingame.

Ham alcançou a curva. Lá em cima na parede oeste brilhava a luz do Sol, coberto por nuvens, e seus estranhos perseguidores voaram para o lado escuro. Eles não suportavam a luz do Sol, e aquilo foi bom para ele; rastejando bem perto da parede leste, ele foi parcialmente protegido.

À frente estava a outra curva, bloqueada pelo pote de massa.

Ao se aproximar dela, ele ficou de repente enjoado. Três criaturas estavam agrupadas contra a massa branca, comendo – literalmente comendo! – a putrefação. Elas giraram, gritando, enquanto ele se aproximava, ele atirou em dois deles, e como o terceiro saltou para o muro, ele atirou nele também e ele caiu com um som abafado engolido pelo pote de massa.

De novo ele ficou enjoado; o pote de massa o devolveu, deixando a coisa caída em um lugar como o buraco de um donuts gigante. Nem mesmo aquela monstruosidade comeria essas criaturas[2].

Mas o salto da coisa chamou a atenção de Ham para uma elevação de trinta centímetros. Talvez fosse – sim, era possível que ele pudesse atravessar aquela trilha acidentada e, assim, contornar o pote de massa. Quase impossível, claro, tentar fazer isso sob a saraivada de pedras, mas ele precisava arriscar. Não havia alternativas.

Ele virou a garota para liberar seu braço direito. Colocou um segundo pente na pistola automática e então disparou aleatoriamente para as sombras esvoaçantes acima. Por um momento a chuva de pedras cessou, e em uma luta convulsiva e dolorosa Ham se arrastou levando Patricia com ele até a elevação.

Pedras caíram ao redor dele mais uma vez. Passo a passo ele avançou ao longo do caminho, posicionando-se logo acima do pote de massa condenado. Morte abaixo e morte acima! E, aos poucos, ele fez a curva; acima dele as duas paredes brilhavam à luz do Sol e eles estavam em segurança.

Pelo menos, ele estava em segurança. A garota talvez já estivesse morta, pensou freneticamente, enquanto escorregava e deslizava pelo lado do pote de massa. Lá fora, na encosta iluminada pelo dia, ele arrancou a máscara e olhou para seus traços brancos, frios como mármore.

Ela não estava morta, apenas em um torpor drogado. Uma hora

---

[2] Não era sabido naquela época que, enquanto a vida do lado noturno de Vênus podia comer e digerir a do lado diurno, o contrário não seria possível. Nenhuma criatura do lado diurno conseguia absorver a vida noturna por conta da presença de vários álcoois metabólicos que eram todos venenosos.

depois ela recuperou a consciência, embora estivesse fraca e bastante assustada. Ainda assim, a sua primeira pergunta foi, basicamente, sobre sua mochila.

– Está aqui – disse Ham. – O que você guarda de tão precioso nessa mochila? Suas anotações?

– Minhas anotações? Ah, não!

Um leve rubor cobriu seu rosto.

– É, o que eu estava tentando te dizer... é o seu *xixtchil*.

– O quê?

– Sim. É claro que eu não o joguei para os fungos. É seu por direito, Ham. Muitos comerciantes ingleses vão para as Terras Quentes americanas. Eu só peguei a bolsinha e a escondi aqui na mochila. Os fungos no chão eram só alguns galhos que joguei lá, para parecerem verdadeiros.

– Mas, mas, por quê?

Ela ficou mais corada.

– Eu queria castigar você – sussurrou Patricia – por ser tão, tão frio e distante.

– Eu? – Ham estava espantado. – Você que era assim!

– Talvez eu tenha sido assim, no começo. Você forçou sua entrada em minha casa, entende. Mas... depois que você me carregou na erupção de lama, Ham... foi diferente.

Ham arfou. De repente ele a puxou para seus braços.

– Não vou ficar aqui discutindo sobre de quem é a culpa – disse ele. – Mas nós vamos combinar uma coisa agora. Vamos para *Erotia*, e lá nos casaremos, em uma boa igreja americana, se é que eles já construíram uma, ou por um juiz americano, se a igreja ainda não existir. Não quero mais ouvir conversa sobre a Passagem do Maluco e sobre atravessar as Montanhas da Eternidade. Isso está claro?

Ela olhou para os vastos e iminentes picos e estremeceu.

– Muito claro! – respondeu ela, com doçura.

OS DEVORADORES DE LÓTUS

— Uau! — exclamou "Ham" Hammond, olhando da parte direita do ponto de observação. — Que lugar incrível para uma lua de mel!

— Ninguém mandou você se casar com uma bióloga — observou a sra. Hammond olhando para trás, mas ele não conseguia ver seus olhos acinzentados no vidro do ponto de observação. — Nem com a filha de um explorador — acrescentou ela.

Pat Hammond, até seu casamento com Ham, havia meras quatro semanas, era Patricia Burlingame, filha do grande inglês que conquistara parte da zona crepuscular para a Vênus britânica, exatamente como Crowly fizera para os Estados Unidos.

— Eu não me casei com uma bióloga — observou Ham. — Eu me casei com uma garota que, por acaso, se interessa por biologia; só isso. Este é um de seus poucos defeitos.

Ele desligou os jatos inferiores e o foguete pousou suavemente na paisagem escura abaixo. Devagar, com cuidado, ele soltou o mecanismo até que conseguisse a menor trepidação possível; então desligou o motor repentinamente, o chão abaixo deles se inclinou ligeiramente, e um estranho silêncio caiu como um cobertor sobre eles depois que o rugido da explosão cessou.

— Chegamos — anunciou ele.

— Chegamos — concordou Pat. — Chegamos aonde?

— Estamos em um ponto a exatos cento e vinte quilômetros a leste da Barreira, que fica do lado oposto de *Venoble*, nas Terras Frias britânicas. Ao norte fica, eu acho, a continuação das Montanhas da Eternidade, e ao sul só Deus sabe o que tem. E o mesmo se aplica ao leste.

Stanley G. Weinbaum

– Esta é uma boa descrição técnica de lugar nenhum. – Pat riu.

– Vamos desligar as luzes e olhar para lugar nenhum.

Assim ela o fez, e na escuridão as escotilhas pareciam círculos luminosos fracos.

– Sugiro – continuou ela – que a *Expedição Conjunta* levante a abóboda para uma visão menos restrita. Estamos aqui para investigar; então vamos investigar um pouco.

– Esse conjunto da expedição concorda – riu Ham.

Ele sorriu na escuridão com a desenvoltura com que Pat abordava o sério assunto da exploração. Ali estavam eles, a *Expedição Conjunta da Royal Society e do Smithsonian Institute para a Investigação das Condições do Lado Escuro de Vênus*, para usar o título oficial da missão.

Claro que o próprio Ham, enquanto tecnicamente a metade americana do projeto, na realidade era um membro da tripulação apenas porque Pat não pensaria em mais ninguém; mas era a ela que os membros da *Society* e do *Institute* dirigiam suas perguntas, suas condições e suas instruções.

E isso era mais do que justo, pois Pat, afinal, era a maior autoridade em flora e fauna das Terras Quentes e, além disso, a primeira criança humana nascida em Vênus, enquanto Ham era apenas um engenheiro atraído originalmente para a fronteira venusiana pelo sonho de enriquecer rapidamente através do comércio de *xixtchil* nas Terras Quentes.

Foi lá que ele conheceu Patricia Burlingame, e, depois de uma jornada aventureira nos pés das Montanhas da Eternidade, ele ganhara seu coração. Eles se casaram em *Erotia*, o assentamento americano, menos de um mês atrás, e então receberam a oferta da expedição ao lado escuro.

Ham argumentara contra isso. Ele queria uma boa lua de mel terráquea em Nova Iorque ou Londres, mas havia três dificuldades. Primeiro, a dificuldade astronômica; Vênus havia passado do perigeu, e levaria oito longos meses antes que seu giro vagaroso em volta do Sol o trouxesse de volta a um ponto em que um foguete pudesse alcançar a Terra. Oito meses na primitiva *Erotia*, uma fronteira construída, ou na igualmente primitiva *Venoble*, se escolhessem o assentamento britânico, sem nenhuma diversão além das caças, sem rádio, sem jogos, e até mesmo com muitos poucos livros. E se eles precisassem caçar, Pat argumentou, por que não acrescentar a emoção e o perigo do desconhecido?

Ninguém sabia que tipo de vida, se é que existia alguma, havia do lado escuro do planeta; muitos poucos já estiveram lá, e aqueles escassos foguetes que se arriscaram por ali sobrevoaram rapidamente as vastas fileiras de montanhas ou os infinitos oceanos congelados. Ali estava uma chance de explicar o mistério, e explorá-lo, com todos os custos pagos.

Seria necessário um multimilionário para construir e equipar um foguete particular, mas a *Royal Society* e o *Smithsonian Institute*, que usariam o dinheiro do governo, estavam acima de tais considerações. Haveria perigo, talvez, e emoções de tirar o fôlego, mas eles estariam sozinhos.

Este último argumento convencera Ham. Assim, eles passaram duas semanas ocupados com o que era necessário e equipando o foguete, voaram bem acima da barreira de gelo que beira a zona crepuscular, e correram freneticamente pela zona de tempestades, onde o frio Vento Inferior do lado sem Sol encontra o quente Vento Superior que varre o planeta vindo do lado deserto.

Pois Vênus, claro, não faz rotação, e por isso não há alternância entre dias e noites. Uma face do planeta é sempre iluminada pelo Sol, e a outra é sempre escura, e apenas a liberação vagarosa do planeta dá à zona crepuscular uma ideia das estações. Esta zona crepuscular, a única parte habitável do planeta, divide-se entre as Terras Quentes no lado do deserto escaldante, e no outro lado termina abruptamente na barreira de gelo onde os Ventos Superiores cedem sua umidade à lufada de ar gelado que vem dos Ventos Inferiores.

Então, ali estavam eles, amontoados na pequena cúpula de vidro acima do painel de navegação, juntos no degrau mais alto da escada, e com espaço na cúpula apenas para suas cabeças. Ham passou o braço em volta da garota enquanto observavam a paisagem lá fora.

Lá longe, a oeste, estava o amanhecer eterno – ou o pôr do Sol, talvez –, onde a luz brilhava na barreira de gelo. Como vastas colunas, as Montanhas da Eternidade se pronunciavam contra a luz, com seus picos poderosos perdidos nas nuvens mais baixas a quarenta quilômetros de distância. Lá, um pouco ao sul, estavam as muralhas das Eternidades Menores, fazendo fronteira com a Vênus americana, e entre as duas cadeias estavam os relâmpagos perpétuos da linha das tempestades.

Mas em volta deles, iluminado fracamente pela refração da luz do Sol, havia uma paisagem escura e de inculto esplendor. Por todo o lugar havia gelo – montanhas de gelo, espirais, ápices, pedregulhos e penhascos de gelo, todos brilhando em um verde pálido sob o fio de luz além da barreira. Um mundo sem movimento, congelado e estéril, a não ser pelo resmungo do Vento Inferior lá fora, porque a barreira o bloqueava das Terras Frias.

– Isso é... magnífico! – murmurou Pat.

– Sim – concordou ele –, mas frio, sem vida e ameaçador. Pat, você acha que existe vida aqui?

– Eu diria que sim. Se é possível existir vida em mundos como Titã e Iapetus, deve haver vida aqui. Qual é a temperatura aqui?

Ela olhou para o termômetro do lado de fora da cúpula, que tinha sua coluna e números iluminados.

– Só trinta e quatro abaixo de zero, Celsius. Existe vida na Terra nesta temperatura.

– Existe sim. Mas ela não poderia ter se desenvolvido em uma temperatura abaixo do nível de congelamento. A vida precisa ser vivida na forma líquida da água.

Ela riu com suavidade.

– Você está falando com uma bióloga, Ham. Não; a vida não poderia se desenvolver em trinta e quatro graus abaixo de zero, mas suponha que ela tenha se originado lá na zona crepuscular e então migrado para cá? Ou suponha que ela tenha sido empurrada pela terrível competição pelas regiões mais quentes? Você conhece as condições nas Terras Quentes, com os fungos e os potes de massa, e as árvores perversas, e os milhões de pequenos parasitas, todos comendo uns aos outros.

Ele pensou nisso.

– Que tipo de vida você esperaria encontrar aqui?

Ela riu.

– Você quer uma previsão? Muito bem. Eu diria, primeiro de tudo, algum tipo de vegetação como base, pois a vida animal não pode ficar comendo seu semelhante sem algum combustível adicionado a isso. É como a história do homem da fazenda de gatos, que criava ratos para alimentá-los, e então tirava a pele dos gatos, entregava o material para os ratos e alimentava mais ratos para os gatos. Parece bom, mas não vai funcionar.

– Então deve existir alguma vegetação. E o que mais?

– Mais? Só Deus sabe. Presumidamente, a vida do lado escuro, se ela existir, veio originalmente das estirpes mais fracas da vida na zona crepuscular, mas o que ela pode ter se tornado... Bom, isso não posso imaginar. Claro, existem os *Triops noctivivans* que encontrei nas Montanhas da Eternidade...

– Você encontrou! – Ele sorriu. – Você estava apagada, fria como gelo quando carreguei você para longe daquele ninho diabólico. Você nunca viu um deles!

– Examinei aquele que morreu trazido para *Venoble* pelos caçadores – explicou ela, imperturbável. – E não se esqueça de que a sociedade queria dar a ele o meu nome, o *Triops patriciæ*.

Um arrepio involuntário a fez tremer ao se lembrar daquelas criaturas satânicas que quase destruíram os dois.

– Mas escolhi outro nome, *Triops noctivivans*, os habitantes de três olhos da escuridão.

– Nome romântico para uma besta demoníaca!

– Sim; mas o que eu estava querendo dizer é que... é provável que *triops*, ou *triopses*, qual é o plural para *triops*?

– *Trioptes* – respondeu ele. – Raiz latina.

– Ora, é provável que sejam *trioptes*, então, estão entre as criaturas a serem encontradas aqui no lado noturno, e aqueles demoníacos que nos atacaram naquele cânion sombrio nas Montanhas da Eternidade talvez sejam seres avançados rastejando pela zona crepuscular na escuridão e nas passagens sem Sol. Eles não suportam a luz; você mesmo viu isso.

– E daí?

Pat riu do seu estilo americano.

– É o seguinte: pela forma e estrutura deles, seis membros, três olhos e tal, é claro que os *trioptes* estão relacionados com os nativos comuns das Terras Quentes. Assim, concluo que eles sejam recém-chegados no lado escuro; eles não se desenvolveram aqui, mas foram trazidos para cá bem recentemente, falando de maneira geológica. Ou, de maneira geológica talvez não seja bem a palavra, porque *geos* significa terra. Falando de maneira venusiológica, eu diria.

– Você não deveria dizer isso. Está substituindo uma raiz latina por uma grega. O que você quer dizer é "falando de maneira aphrodisiológica".

Ela riu de novo.

– O que eu quero dizer, e deveria ter dito desde o início para evitar argumentações, é falando de maneira palæontológica, para falar direito. Enfim, quero dizer que os *trioptes* não existem no lado escuro por mais do que vinte a cinquenta mil anos terrestres, ou talvez menos, por que o que sabemos agora sobre a velocidade da evolução em Vênus? Talvez seja mais rápida do que na Terra; talvez um *triops* pudesse se adaptar à vida noturna em cinco mil anos.

– Já vi alunos universitários se adaptarem à vida noturna em um semestre!

Ele sorriu.

Ela ignorou o que ele disse.

– E assim – continuou ela – afirmo que deve ter existido vida antes da chegada dos *triops*, já que tais criaturas devem ter encontrado algo para comer quando chegaram aqui, ou não teriam sobrevivido. E como minha análise mostrou que a criatura é parcialmente carnívora, não deve ter existido apenas vida, mas vida animal. E isso é o máximo que a pura razão consegue provar.

– Então você não consegue adivinhar que tipo de vida animal. Inteligente, talvez?

– Eu não sei. Talvez. Mas apesar da maneira como vocês, ianques, adoram a inteligência, biologicamente, ela não é importante. Ela nem tem muito valor para a sobrevivência.

– O quê? Como você pode dizer isso, Pat? O que mais, além da inteligência humana, deu ao homem a supremacia da Terra, e de

Vênus também, diga-se de passagem.

– Mas o homem tem a supremacia da Terra? Olha só, Ham, entenda o que quero dizer sobre inteligência. Um gorila tem um cérebro muito melhor do que o de uma tartaruga, não tem? E ainda assim, qual deles é mais bem-sucedido, o gorila, que é raro e confinado apenas a pequenas regiões da África, ou a tartaruga, que é comum em todos os lugares do Ártico à Antártica? E quanto ao homem, ora, se você tivesse olhos microscópicos e pudesse enxergar todas as criaturas vivas da Terra, concluiria que o homem é uma espécie rara, e que o planeta é, na verdade, um mundo nematódeo, ou seja, um mundo de vermes, porque os nematódeos existem em um número muito maior do que todas as outras formas de vida colocadas juntas.

– Mas isso não é supremacia, Pat.

– Eu não disse que era. Eu simplesmente disse que a inteligência não tem muito valor para a sobrevivência. Se tiver, por que os insetos que não têm inteligência, apenas instinto, oferecem tantos obstáculos para a raça humana? Os homens têm mais cérebro do que as brocas do milho, bicudos, moscas-das-frutas, besouros japoneses, mariposas ciganas e todas as outras pestes, e ainda assim eles desafiam nossa inteligência com apenas uma arma, sua enorme fecundidade. Você percebe que sempre que uma criança nasce, até que aconteça o equilíbrio através da morte, ela pode ser alimentada apenas de uma maneira? E esta maneira é tirando alimento do total de insetos equivalente ao peso da criança.

– Tudo isso parece fazer bastante sentido, mas o que isso tem a ver com a inteligência no lado escuro de Vênus?

– Eu não sei – respondeu Pat, e sua voz tinha um tom estranho de nervosismo. – Eu só quero dizer... Olhe por este lado, Ham. Um lagarto é mais inteligente do que um peixe, mas não inteligente o suficiente para ter alguma vantagem. Então por que o lagarto e seus descendentes continuam desenvolvendo sua inteligência? Ora, a menos que a vida venha a se tornar inteligente com o tempo? E, se isso for verdade, então deve existir inteligência até mesmo aqui; inteligência estranha, alienígena, incompreensível.

Ela estremeceu no escuro, encostada nele.

– Deixe para lá – disse ela, em um tom de voz alterado repentinamente. – Deve ser só uma impressão. O mundo lá fora é tão estranho, tão sobrenatural. Estou cansada, Ham. Foi um longo dia.

Ele a seguiu de volta para dentro da nave. À medida que as luzes que piscavam na estranha paisagem além das escotilhas foram apagadas, ele viu apenas Pat, bastante adorável no pequeno traje das Terras Frias.

– Amanhã, então – disse ele. – Temos comida para três semanas.

Amanhã, claro, significava apenas o tempo, e não a luz do dia. Eles se levantaram e encontraram a mesma escuridão que cobrira a metade sem Sol de Vênus, com o mesmo verde de pôr do Sol eterno no horizonte na barreira. Mas Pat estava com um humor melhor, e seguiu avidamente nos preparativos para a primeira aventura deles ao ar livre. Ela pegou as parcas de lã de uma polegada de espessura revestidas de borracha e Ham, na qualidade de engenheiro, cuidadosamente inspecionou os capuzes, cada um deles com sua coroa de luzes potentes.

Eles eram essenciais para a visão, claro, mas tinham outro propósito. Sabia-se que os incríveis *trioptes* ferozes não conseguiam encarar a luz e, assim, ao usar os quatro feixes no capacete, era possível se mover, cercado por uma aura protetora. Mas aquilo não evitava que os dois precisassem incluir em seus equipamentos duas pistolas automáticas e um par de pistolas de fogo altamente destruidoras. E Pat carregava uma bolsa presa ao cinto, na qual ela pretendia guardar qualquer espécime de flora que encontrasse no lado escuro, e fauna também, desde que fosse pequena e inofensiva o suficiente.

Eles sorriram um para o outro através de suas máscaras.

– Você parece gorda – observou Ham maliciosamente, e ele se divertiu com sua resposta incomodada.

Ela se virou, abriu a porta e saiu ao ar livre.

O lugar era diferente do que o que viram pela escotilha. Lá de dentro o cenário tinha algo de irreal, e toda a imobilidade e o silêncio de uma imagem, mas agora ele estava realmente ao redor deles, e o ar frio e o som lamentoso do Vento Inferior provavam definitivamente que o mundo era real. Por um momento eles ficaram no círculo de luz das escotilhas do foguete, olhando abismados para o horizonte onde os inacreditáveis picos das Eternidades Maiores se impunham escuros contra o falso pôr do Sol.

Mais perto, até onde a visão alcançava naquela região sem Sol, sem lua, sem estrelas, havia uma planície desolada onde picos, minaretes, pináculos e cumes de gelo e pedra cresciam em formas indescritíveis e fantásticas, esculpidos pela arte selvagem do Vento Inferior.

Ham passou o braço coberto em volta de Pat, e ficou surpreso ao senti-la tremer.

– Frio? – perguntou ele, olhando para o termômetro em seu pulso. – Está apenas trinta e sete abaixo de zero.

– Não estou com frio – respondeu Pat. – É o cenário; só isso.

Ela se afastou.

– Fico imaginando o que deixa o lugar quente assim. Sem a luz do Sol, é de se imaginar...

– Então, você estaria errada – interrompeu Ham. – Qualquer engenheiro sabe que os gases se difundem. Os Ventos Superiores passam a apenas oito a dez quilômetros acima de nossas cabeças, e eles naturalmente carregam bastante calor do deserto para além da zona crepuscular. Há alguma difusão do ar quente em frio, e então, além disso, quando os ventos quentes esfriam, tendem a afundar.

Mais ainda, o contorno da região tem muito a ver com isso.

Ele fez uma pausa.

– Digamos – ele continuou pensativo – que eu não ficaria surpreso se encontrássemos lugares perto das Eternidades onde houvesse uma corrente descendente, onde os Ventos Superiores deslizassem ao longo da encosta e proporcionassem a certos lugares um clima razoavelmente suportável.

Ele seguiu Pat enquanto ela cutucava as pedras perto da borda do círculo de luz do foguete.

– Ah! – exclamou ela. – Aí está, Ham! Aqui está nosso espécime da vida vegetal do lado negro.

Ela se curvou sobre uma massa bulbosa cinzenta.

– Com líquens ou fungos – continuou ela. – Sem folhas, é claro; as folhas só são úteis à luz do Sol. Sem clorofila pela mesma razão. Uma planta muito primitiva, bastante simples, e ainda, de certa forma, nem um pouco simples. Veja, Ham, um sistema circulatório altamente desenvolvido!

Ele se inclinou mais perto, e na luz amarela fraca das escotilhas viu o fino traçado de veias que ela indicou.

– Isso – prosseguiu ela – indicaria uma espécie de coração e... imagino!

Abruptamente, ela empurrou o termômetro contra a massa carnuda, segurou-o ali por um momento e então olhou para ele.

– Sim! Veja como a agulha se moveu, Ham. É quente! Uma planta de sangue quente. E quando você pensa nisso, é apenas natural, porque esse é o único tipo de planta que poderia viver em uma região para sempre abaixo de zero. A vida deve ser vivida na presença de água.

Ela pegou a coisa, e com um puxão carrancudo ela se soltou, e gotas escuras de líquido brotaram da raiz arrancada.

– Eca! – exclamou Ham. – Que coisa nojenta! "E rasgou a sangrenta mandrágora", hein? Só que ela deveria gritar quando você a tirasse da raiz.

Ele fez uma pausa. Um gemido baixo, pulsante e lamentoso saiu da massa trêmula de polpa, e ele virou para olhar para Pat, assustado.

– Eca! – ele grunhiu de novo. – Que nojo!

– Nojo? Ora, isso é um belo organismo! Está perfeitamente adaptado ao seu ambiente.

– Bom, ainda bem que eu sou engenheiro – rosnou ele, observando Pat enquanto ela abria a porta do foguete e colocava a coisa dentro de um quadrado de borracha.

– Venha. Vamos dar uma olhada por aí.

Pat fechou a porta e o seguiu para longe do foguete. Instantaneamente, a noite envolveu-os como uma névoa negra, e foi só quando olhou para as escotilhas iluminadas que Pat pôde se convencer de que eles estavam em um mundo real.

– Devemos acender as lâmpadas dos capacetes? – perguntou Ham. – É melhor, suponho, ou corremos o risco de cair.

Antes que qualquer um deles pudesse andar um pouco mais, um som atingiu o gemido do Vento Inferior, um grito selvagem, feroz e sobrenatural como uma risada no Inferno, vaias, uivos e ruídos de risadas tristes.

– É os *triops*! – arfou Pat, esquecendo-se tanto dos plurais quanto da gramática.

Ela estava assustada; normalmente ela era tão corajosa quanto Ham, e um pouco mais imprudente e ousada, mas aqueles gritos misteriosos traziam de volta os momentos de tormento quando eles estavam presos no desfiladeiro nas Montanhas da Eternidade. Ela estava muito assustada e se atrapalhou, mexendo freneticamente no interruptor de luz e o revólver.

Assim que meia dúzia de pedras zumbiu rápido como balas ao redor deles, e uma caiu dolorosamente no braço de Ham, ele acendeu as luzes. Quatro feixes dispararam em uma longa cruz nos picos brilhantes, e o riso selvagem foi se intensificando, parecendo desespero. Ele teve um vislumbre momentâneo de figuras sombrias se lançando de pináculos e cumes, esvoaçando como espectros na escuridão, e então silêncio.

– Oo-oh! – murmurou Pat. – Eu... fiquei com medo, Ham.

Ela se encolheu contra ele, então continuou com mais força:

– Mas há provas. Os *Triops noctivivans* são criaturas do lado noturno, e aqueles nas montanhas são seres avançados ou fragmentos que vagaram nos abismos sem Sol.

Ao longe soava a gargalhada estridente.

– Eu me pergunto – refletiu Ham – se esse barulho deles é um tipo de linguagem.

– Muito provavelmente. Afinal, os nativos das Terras Quentes são inteligentes, e essas criaturas são uma espécie relacionada. Além disso, eles atiram pedras e conhecem a utilidade daquelas vagens sufocantes que jogaram sobre nós no cânion, que, a propósito, deve ser o fruto de alguma planta do lado noturno. Os *trioptes* são, sem dúvida, inteligentes de uma maneira feroz, sedenta de sangue e bárbara, mas as feras são tão inacessíveis que duvido que os seres humanos aprendam muito sobre suas mentes ou linguagem.

Ham concordou enfaticamente, ainda mais quando uma rocha lançada de forma cruel de repente lascou partículas brilhantes de uma torre de gelo a uma dúzia de passos de distância. Ele virou a cabeça, enviando os fachos de luz de seu capacete sobre a planície, e uma única gargalhada histérica estridente flutuou da escuridão.

– Graças a Deus as luzes os mantêm fora de alcance – murmurou ele. – Estes são pequenos súditos de sua majestade[3], não são? Deus salve o rei se ele tivesse muitos outros como eles!

Mas Pat estava novamente envolvida em sua busca por espécimes. Ela já acendera as lâmpadas e entrava e saía agilmente entre os monumentos fantásticos daquela planície bizarra. Ham a seguiu, observando enquanto ela arrancava a vegetação que sangrava e choramingava. Ela encontrou uma dúzia de variedades e uma pequena criatura em forma de charuto a qual ela observou perplexa, bastante incapaz de determinar se era planta, animal ou nenhum dos dois. Por fim, com a bolsa de espécimes completamente cheia, eles voltaram pela planície em direção ao foguete, cujas aberturas brilhavam ao longe como uma fileira de olhos arregalados.

Mas tiveram um choque quando abriram a porta para entrar. Ambos se assustaram com a lufada de ar quente, abafado, pútrido e irrespirável que jorrou em seus rostos com um cheiro de carniça.

– O que – ofegou Ham, e então ele riu. – Sua mandrágora! – Ele gargalhou. – Olhe para ela!

A planta que ela colocara lá dentro era uma massa de corpo em decomposição. No calor do interior, ela se decompôs rápida e completamente e agora era apenas uma pilha semilíquida no tapete de borracha. Pat puxou o tapete pela entrada e jogou tudo fora.

Eles escalaram para o interior ainda fedorento, e Ham ligou o ventilador. O ar que entrava era frio, é claro, mas puro com o sopro do Vento Inferior, estéril e sem poeira devido à sua passagem por oito mil quilômetros de oceanos e montanhas congelados. Ele fechou a porta, ligou o aquecedor e baixou o visor para sorrir para Pat.

---

[3] Eles estavam em território britânico, na latitude de *Venoble*. O Congresso Internacional de Lisle, em 2020, distribuiu os direitos do lado noturno, dando a cada nação que possuía bens venusianos uma porção que se estende da zona crepuscular até um ponto no planeta diretamente oposto ao Sol no meio do outono.

– Então esse é o seu lindo organismo! – ele riu.

– Era. Era um belo organismo, Ham. Você não pode culpá-lo porque o expusemos a temperaturas fatais para ele.

Ela suspirou e jogou a bolsa de espécimes sobre a mesa.

– Acho que vou ter que preparar esses aqui imediatamente, já que não duram muito.

Ham resmungou e começou a preparar uma refeição, trabalhando com o toque experiente de um verdadeiro habitante das Terras Quentes. Ele olhou para Pat enquanto ela se inclinava sobre as amostras, injetando a solução de bicloreto.

– Você acha – perguntou ele – que o *triops* é a forma de vida mais elevada no lado escuro?

– Sem dúvida – respondeu Pat. – Se alguma forma superior existisse, há muito tempo teria exterminado aqueles demônios ferozes.

Mas ela estava totalmente errada.

No espaço de quatro dias, eles esgotaram as possibilidades da planície desordenada ao redor do foguete. Pat acumulara um grupo variado de espécimes e Ham fizera uma série interminável de observações sobre temperatura, variações magnéticas, direção e velocidade do Vento Inferior.

Então eles moveram sua base, e o foguete disparou em direção ao sul, em direção à região onde, presumivelmente, as vastas e misteriosas Montanhas da Eternidade se elevavam através da barreira de gelo para o mundo sombrio do lado noturno. Eles voaram devagar, acelerando os motores de reação a apenas oitenta quilômetros por hora, pois voavam durante a noite, dependendo do facho da luz frontal para alertá-los da ameaça de picos iminentes.

Pararam duas vezes, e cada vez um dia ou dois bastou para indicar que a região era semelhante à de sua primeira base. As mesmas plantas venosas e bulbosas, o mesmo Vento Inferior eterno, o mesmo riso de gargantas *triópticas* sedentas de sangue.

Mas, na terceira ocasião, houve uma diferença. Eles pararam para descansar em um planalto selvagem e desolado entre os pés das Eternidades Maiores. Longe, a oeste, metade do horizonte ainda brilhava verde com o falso pôr do Sol, mas toda a extensão ao sul do ponto a oeste estava negra, escondida das vistas pelas vastas muralhas da cordilheira que se elevava quarenta quilômetros acima deles nos céus negros. As montanhas eram invisíveis, claro, naquela região de noite sem fim, mas os dois no foguete sentiram a proximidade colossal daqueles picos incríveis.

E havia outra maneira pela qual a poderosa presença das Montanhas da Eternidade os afetava. A região era quente – não quente para os padrões da zona do crepúsculo, mas muito mais quente do que a planície abaixo. Seus termômetros mostravam dezessete graus abaixo de zero de um lado do foguete, e quinze abaixo de zero do outro. Os vastos picos, ascendendo ao nível dos Ventos Superiores, criaram redemoinhos e correntes errantes que trouxeram o ar quente para baixo para atenuar a lufada fria do Vento Inferior.

Ham olhou de maneira sombria para o planalto, visível sob as luzes.

– Não estou gostando disso – resmungou ele. – Nunca gostei dessas montanhas, desde que você fez aquele papel de boba tentando atravessá-las lá nas Terras Frias.

– Uma boba mesmo! – concordou Pat. – Quem deu nome a essas montanhas? Quem as atravessou? Quem as descobriu? Meu pai, foi ele!

– E então você pensou que as tinha herdado – respondeu ele. – E que era só assobiar e elas se deitariam e se fingiriam de mortas, e a Passagem do Maluco se transformaria em um passeio no parque. Como resultado, você agora seria um monte de ossos limpos em um desfiladeiro se eu não estivesse por perto para carregá-la para fora de lá.

– Ah, você é só um ianque tímido! – retrucou ela. – Vou lá fora dar uma olhada.

Ela vestiu a parca e foi até a porta, onde parou.

– Você não vai... você não vem também? – ela perguntou hesitante.

Ele sorriu.

– Claro! Eu só queria ouvir você perguntar.

Ele vestiu seu traje e a seguiu.

Havia uma diferença aqui. Lá fora, o planalto apresentava a mesma vastidão desolada de gelo e pedra que eles haviam encontrado na planície abaixo. Havia pináculos erodidos pelo vento da forma mais fantástica possível, e a paisagem selvagem que brilhava nos feixes das lâmpadas dos capacetes era o mesmo terreno bizarro que eles encontraram pela primeira vez.

Mas o frio era menos doído ali; estranhamente, o aumento da altitude neste curioso planeta trouxe calor em vez de frio, como na Terra, porque está mais próximo da região dos Ventos Superiores, e aqui nas Montanhas da Eternidade o Vento Inferior uivava com menos persistência, quebrado em rajadas pelos poderosos picos.

E a vegetação era menos esparsa. Por toda parte havia massas venosas e bulbosas, e Ham teve que pisar com cuidado para não repetir a experiência desagradável de pisar em uma e ouvir seu gemido de dor. Pat não tinha tais escrúpulos, insistindo que o gemido era apenas um tropismo; que os espécimes que ela arrancou e dissecou não sentiram mais dor do que uma maçã comida; e que, de qualquer modo, era função do biólogo ser biólogo.

Em algum lugar entre os picos eles ouviram o riso zombeteiro de um *triops*, e nas sombras móveis nas extremidades de seus feixes, Ham imaginou mais de uma vez ter visto as formas desses demônios da escuridão. Se eles estavam lá, no entanto, a luz os mantinha a uma distância segura, pois nenhuma pedra passava zumbindo.

No entanto, era uma sensação estranha caminhar assim no centro de um círculo de luz em movimento; ele sentia continuamente como se um pouco além do limite da visibilidade espreitassem só Deus sabe quais criaturas estranhas e incríveis, embora a razão argumentasse que tais monstros não poderiam ter passado despercebidos.

À frente deles, seus raios brilhavam em uma muralha de gelo, uma margem ou penhasco que se estendia para a direita e para a esquerda ao longo de seu curso.

Pat gesticulou de repente naquela direção.

– Olhe ali! – exclamou ela, segurando firmemente sua luz. – Cavernas no gelo, ou melhor, tocas. Está vendo?

Ele viu pequenas aberturas pretas tão grandes, talvez, como uma tampa de bueiro, uma fileira inteira delas na base da muralha de gelo. Algo preto deslizou rindo pela encosta vítrea e se afastou. Um *triops*. Seriam essas as tocas das feras? Ele apertou os olhos bruscamente.

– Tem alguma coisa lá! – ele murmurou para Pat. – Olhe! Metade das aberturas tem alguma coisa na frente delas, ou são apenas pedras para bloquear a entrada?

Com cuidado, revólveres em punho, eles avançaram. Não houve mais nenhuma movimentação, mas, na crescente intensidade dos feixes, os objetos eram cada vez menos parecidos com rochas e, finalmente, eles puderam distinguir os veios e os bulbos carnudos da vida.

Pelo menos as criaturas eram uma nova variedade. Agora Ham conseguia distinguir uma fileira de pontos semelhantes a olhos, e também uma multiplicidade de pernas abaixo deles. As coisas pareciam grandes cestos invertidos, mais ou menos do mesmo tamanho e contorno, com veios flácidos e sem traços característicos, exceto por um círculo completo de olhos. E agora ele podia até ver as pálpebras semitransparentes que se fechavam, aparentemente para proteger os olhos da dor causada por suas luzes.

Eles estavam a menos de três metros de uma das criaturas. Pat, após um momento de hesitação, moveu-se diretamente diante do mistério imóvel.

— Bom! — disse ela. — Esse é novo, Ham. Olá, camarada!

Um instante depois, ambos estavam congelados em total consternação, completamente dominados por perplexidade, espanto e confusão. Saindo, ao que parecia, de uma membrana no topo da criatura, veio uma voz estridente e aguda.

— Olá, camarada! — disse a coisa.

Houve um silêncio aterrador. Ham segurou o revólver, mas, mesmo que houvesse necessidade, ele não poderia usá-lo, nem mesmo se lembrar dele. Ele estava paralisado; mudo.

Mas Pat conseguiu falar.

— Isso... isso não é real — ela disse fracamente. — É um tropismo. A coisa simplesmente repete qualquer som que a atinge. Não é, Ham? Não é?

— Eu... eu... claro! — Ele olhava para os olhos semicerrados. — Deve ser. Ouça!

Ele se inclinou para a frente e gritou: — Olá! — diretamente para a criatura. — Ela vai responder.

— Não é um tropismo — disse a criatura em um inglês estridente, mas perfeito.

— Isso não é eco! — engasgou Pat.

Ela recuou.

— Estou com medo — choramingou ela, puxando o braço de Ham. — Vamos embora, rápido!

Ele a empurrou para trás dele.

— Sou apenas um ianque tímido — grunhiu ele —, mas vou interrogar este fonógrafo vivo até descobrir o que... ou quem o faz

Stanley G. Weinbaum

funcionar.

– Não! Não, Ham! Estou com medo!

– Ele não parece perigoso – observou ele.

– Não é perigoso – comentou a coisa no gelo.

Ham engoliu em seco e Pat soltou um pequeno gemido horrorizado.

– Quem... quem é você? – ele vacilou.

Não houve resposta. Os olhos semicerrados o encaravam fixamente.

– O que é você? – ele tentou de novo.

Mais uma vez, nenhuma resposta.

– Como você sabe falar inglês? – ele arriscou.

A voz soou:

– Eu não sei falar inglês.

– Então, hã, por que você fala inglês?

– Você fala inglês – explicou a coisa misteriosa, logicamente.

– Não quero saber por quê. Quero saber como?

Mas Pat havia superado parte de seu espanto apavorado e sua mente rápida percebeu uma pista.

– Ham – ela sussurrou tensa –, ele usa as palavras que usamos. Ele obtém o significado de nós!

– Pego o significado de vocês – confirmou a coisa de forma agramatical.

Ham finalmente entendeu.

– Senhor! – ele engasgou. – Então cabe a nós dar-lhe um vocabulário.

– Você fala, eu falo – sugeriu a criatura.

– Claro! Está vendo, Pat? Podemos dizer qualquer coisa.

Ele fez uma pausa.

– Vamos ver... Quando é que no curso dos eventos humanos isso...

– Cala a boca – soltou Pat. – Ianque! Você está no território da Coroa agora. "Ser ou não ser, eis a questão...".

Ham sorriu e ficou em silêncio. Quando ela esgotou sua memória, ele assumiu a tarefa:

– Era uma vez três ursos...

E assim foi. De repente, a situação lhe pareceu fantasticamente ridícula. Lá estava Pat cuidadosamente relatando a história de Chapeuzinho Vermelho a uma monstruosidade sem humor no lado noturno de Vênus! A garota lançou-lhe um olhar perplexo enquanto ele explodia em gargalhadas.

– Conte a ele aquela sobre o viajante e a filha do fazendeiro! – disse ele, engasgando. – Veja se consegue arrancar um sorriso dele!

Ela riu também.

– Mas isso é realmente um assunto sério – concluiu ela. – Imagine, Ham! Vida inteligente no lado escuro! Ou melhor, você é inteligente? – ela perguntou de repente para a coisa no gelo.

– Eu sou inteligente – assegurou-lhe a coisa. – Eu sou inteligentemente inteligente.

– Pelo menos você é um linguista maravilhoso – disse a garota. – Você já ouviu falar em aprender inglês em meia hora, Ham? Pense nisso!

Aparentemente, seu medo da criatura desaparecera.

– Bom, vamos fazer uso disso – sugeriu Ham. – Qual é o seu nome, amigo?

Não houve resposta.

– Claro – acrescentou Pat. – Ele não pode nos dizer seu nome até que o digamos em inglês, e não podemos fazer isso porque... Ah, bom, vamos chamá-lo de Oscar, então. Isso servirá.

– Muito bem. Oscar, o que você é, afinal?

– Humano, eu sou um homem.

– É? Que um raio caia na minha cabeça se você for!

– Essas são as palavras que você me disse. Para mim, eu sou um homem para você.

Stanley G. Weinbaum

– Espere um momento. "Para mim, eu sou..." Estou entendendo, Pat. Ele quer dizer que as únicas palavras que usamos para o que ele considera a si mesmo são palavras como homem e humano. Bem, o que é o seu povo, então?

– Pessoas.

– Quero dizer sua raça. A que raça você pertence?

– Humano.

– Esperto – gemeu Ham. – Tente você, Pat.

– Oscar – disse Pat –, você diz que é humano. Você é um mamífero?

– Para mim, o homem é um mamífero para você.

– Ah, Deus do céu! – ela tentou novamente. – Oscar, como sua raça se reproduz?

– Eu não tenho as palavras.

– Você nasceu?

O rosto estranho, ou corpo sem rosto, da criatura mudou ligeiramente. Pálpebras mais pesadas caíram sobre as semitransparentes que protegiam seus muitos olhos; era quase como se a coisa franzisse a testa pensativa.

– Nós não nascemos – respondeu ele.

– Então... sementes, esporos, partenogênese? Ou fissura?

– Esporos – disse de maneira estridente a coisa misteriosa –, e fissura.

– Mas...

Ela fez uma pausa, perplexa. No silêncio momentâneo, ouviu-se o pio zombeteiro de um *triops* bem à esquerda, e ambos se viraram involuntariamente, olharam fixamente e recuaram horrorizados. Bem na extremidade de seu feixe de luz, um dos demônios risonhos estava agarrado e levava embora o que sem dúvida era uma das criaturas das cavernas. E, para aumentar o horror, todos os outros se agacharam em total indiferença diante de suas tocas.

– Oscar! – gritou Pat. – Eles pegaram um de vocês!

Ela parou de repente com o disparo do revólver de Ham, mas foi um tiro inútil.

– O-oh! – ela engasgou. – Os demônios! Eles pegaram um!

Não houve nenhum comentário da criatura diante deles.

– Oscar – gritou ela –, você não se importa? Eles mataram um de vocês! Você não entendeu?

– Sim.

– Mas... isso não afeta você em nada?

Pat começou, de alguma forma, a sentir um tipo de simpatia por aquelas criaturas. Elas conseguiam conversar; elas eram mais do que bestas.

– Você não se importa nem um pouco?

– Não.

– Mas o que esses demônios são para você? Como eles os persuadem a deixá-los matar vocês?

– Eles nos comem – disse Oscar placidamente.

– Oh! – exclamou Pat horrorizada. – Mas... mas por que vocês não...

Ela parou de falar; a criatura recuava lenta e metodicamente para sua toca.

– Espere! – gritou ela. – Eles não podem vir aqui! Nossas luzes...

A voz estridente saiu:

– Está frio. Vou por causa do frio.

Houve silêncio.

Estava mais frio. O tempestuoso Vento Inferior gemia com mais firmeza agora e, olhando ao longo do cume, Pat viu que cada uma das criaturas da caverna estava deslizando como Oscar para dentro de sua toca. Ela olhou de maneira impotente para Ham.

– Por acaso eu... sonhei com isso? – sussurrou ela.

– Se sonhou, então nós dois sonhamos, Pat.

Ele a pegou pelo braço e a puxou de volta para o foguete, cujas aberturas redondas brilhavam como um convite através do crepúsculo.

Mas uma vez no interior quente, com suas desajeitadas roupas externas removidas, Pat encolheu as pernas delicadas sob o corpo, acendeu um cigarro e começou a considerar mais racionalmente o mistério.

– Há algo que não entendemos sobre isso, Ham. Você sentiu algo estranho sobre a mente de Oscar?

– Ela é diabolicamente rápida!

– Sim; ele é inteligente o suficiente. Inteligência a nível humano, ou até – ela hesitou – acima do nível humano. Mas não é uma mente humana. É diferente, de alguma forma; alienígena, estranha. Não consigo expressar exatamente o que eu senti, mas você notou que Oscar não fez nenhuma pergunta? Nenhuma!

– Por que... ele não fez isso, não é? Que estranho!

– É muito estranho. Qualquer inteligência humana, encontrando outra forma pensante de vida, faria muitas perguntas. Nós fizemos. – Ela soprou uma baforada pensativa de fumaça. – E isso não é tudo. Aquela... aquela indiferença dele quando os *triops* atacaram seu companheiro, aquilo era humano, ou até mesmo terrestre? Eu vi uma aranha caçadora arrebatar uma mosca de um enxame sem perturbar o restante, mas isso poderia acontecer com criaturas inteligentes? Não poderia; nem mesmo com cérebros tão subdesenvolvidos quanto os de um rebanho de veados ou um bando de pardais. Mate um e você assustará todos.

– Isso é verdade, Pat. Eles são bastante esquisitos, esses concidadãos de Oscar. Animais esquisitos.

– Animais? Não me diga que você não percebeu, Ham!

– O quê?

– Oscar não é um animal. Ele é uma planta, um vegetal móvel e de sangue quente! Durante todo o tempo em que conversávamos com ele, ele fuçava embaixo dele com sua... Bom, com sua raiz. E aquelas coisas que pareciam pernas eram vagens. Ele não andou sobre elas, ele se arrastou em sua raiz. E tem mais...

– O que mais?

– Tem mais, Ham, aquelas vagens eram do mesmo tipo daquelas que os *triops* jogaram contra nós no desfiladeiro das Montanhas da Eternidade, aquelas que nos sufocaram tanto...

– Aquelas que deixaram você tão fria, é o que você quer dizer.

– De qualquer maneira, eu tive inteligência suficiente para notá-las! – ela retrucou, corando. – Mas há uma parte do mistério, Ham. A mente de Oscar é uma mente vegetal!

Ela fez uma pausa, fumando o cigarro enquanto ele enchia o cachimbo.

– Você acha – perguntou ela de repente – que a presença de Oscar e seu povo representam uma ameaça à ocupação humana de Vênus? Sei que eles são criaturas do lado negro, mas e se forem descobertas minas aqui? E se aqui virar um campo para exploração comercial? Os humanos não podem viver indefinidamente longe da luz do Sol, eu sei, mas pode haver necessidade de colônias temporárias existirem aqui, e então?

– Bom, e então? – exclamou Ham.

– Sim, e então? Há espaço no mesmo planeta para duas raças inteligentes? Não haverá um conflito de interesses mais cedo ou mais tarde?

– E daí? – grunhiu ele. – Essas coisas são primitivas, Pat. Vivem em cavernas, sem cultura, sem armas. Não representam perigo para o homem.

– Mas eles são magnificamente inteligentes. Como você sabe que esses que vimos não são apenas uma tribo bárbara e que em algum lugar na vastidão do lado negro não existe uma civilização vegetal? Você sabe que a civilização não é a prerrogativa pessoal da humanidade, basta olhar para a poderosa cultura decadente em Marte e os remanescentes mortos em Titã. O homem simplesmente acabou se tornando a marca mais estranha dela, pelo menos até agora.

– Isso é verdade, Pat – concordou ele. – Mas se os companheiros de Oscar não são mais combativos do que eram com aqueles *triops* assassinos, então eles não são uma grande ameaça.

Ela estremeceu.

– Eu não consigo entender isso. Eu me pergunto se...

Ela fez uma pausa, franzindo a testa.

– Se o quê?

– Eu... não sei. Tive uma ideia... uma ideia horrível.

Ela olhou para cima de repente.

– Ham, amanhã vou descobrir exatamente quão inteligente Oscar é. Exatamente quão inteligente, se eu puder.

Houve certas dificuldades, no entanto. Quando Ham e Pat se aproximaram da cordilheira de gelo, arrastando-se pelo terreno fantástico, eles se viram em total perplexidade quanto a qual das fileiras de cavernas era aquela diante da qual haviam conversado com Oscar. Nos reflexos brilhantes de suas lâmpadas, cada abertura parecia exatamente igual a qualquer outra, e as criaturas em suas entradas os encaravam com olhos semicerrados nos quais não havia expressão legível.

– Bem – disse Pat, perplexa –, vamos ter que tentar. Você aí, você é o Oscar?

A voz que parecia um estalido soou:

– Sim.

— Eu não acredito nisso — retornou Ham. — Ele estava mais para a direita. Ei! Você é o Oscar?

Outra voz estalou:

— Sim.

— Vocês dois não podem ser Oscar!

A escolha de Pat respondeu:

— Somos todos Oscar.

— Oh, deixe para lá — interrompeu Pat, evitando os protestos de Ham. — Aparentemente, o que um sabe todos sabem, então não faz diferença qual a gente escolhe. Oscar, você disse ontem que era inteligente. Você é mais inteligente do que eu?

— Sim. Muito mais inteligente.

— Ah! — Ham riu. — Lide com isso, Pat!

Ela fungou.

— Bem, isso o coloca muito acima de você, ianque! Oscar, você costuma mentir?

Pálpebras opacas caíram sobre as translúcidas.

— Mentir — repetiu a voz estridente. — Mentir. Não. Não há necessidade.

— Bom, você... — ela parou de falar de repente ao som de um estalo surdo. — O que é isso? Oh! Olhe, Ham, uma das sementes estourou!

Ela recuou.

Um forte odor pungente os assaltou, lembrando aquela hora perigosa no cânion, mas não forte o suficiente desta vez para deixar Ham sufocado ou fazer a garota cambalear até a inconsciência. Agudo, acre e ainda não totalmente desagradável.

— O que é isso, Oscar?

— É assim que nós... — a voz foi interrompida.

— Se reproduzem? — sugeriu Pat.

— Sim. Se reproduzem. O vento carrega nossos esporos uns para os outros. Vivemos onde o vento não é constante.

– Mas ontem você disse que a fissura era o seu método de reprodução.

– Sim. Os esporos se alojam em nossos corpos e há um...

Novamente a voz desapareceu.

– Uma fertilização? – sugeriu a garota.

– Não.

– Ah, eu sei! Uma irritação!

– Sim.

– Isso causa um crescimento tumoral?

– Sim. Quando o crescimento está completo, nós nos separamos.

– Eca! – bufou Ham. – Um tumor!

– Cale a boca! – disparou a garota. – Isso é tudo o que um bebê é, um tumor normal.

– Normal... Bom, ainda bem que não sou biólogo! Nem mulher!

– Ainda bem mesmo – disse Pat recatadamente. – Oscar, quanto você sabe?

– Sei tudo.

– Você sabe de onde vem o meu povo?

– Além da luz.

– Sim; mas antes disso?

– Não.

– Nós viemos de outro planeta – disse ela, com ênfase.

Quando Oscar continuou em silêncio, ela disse:

– Você sabe o que é um planeta?

– Sim.

– Mas você sabia antes de eu dizer a palavra?

– Sim. Muito antes.

– Mas como? Você sabe o que é maquinário? Você sabe o que são armas? Você sabe como fabricá-las?

– Sim.

– Então, por que vocês não as produzem?

– Não há necessidade.

– Não há necessidade! – ela arfou. – Com a luz, e até mesmo com o fogo, vocês poderiam manter os *triopses... trioptes*, quero dizer, longe. Vocês poderiam evitar que eles comessem vocês!

– Não há necessidade.

Ela virou-se impotente para Ham.

– A coisa está mentindo – sugeriu ele.

– Eu... acho que não – murmurou ela. – É outra coisa, algo que não entendemos. Oscar, como você sabe todas essas coisas?

– Inteligência.

Na caverna seguinte, outra semente estourou taciturnamente.

– Mas como? Diga-me como você descobre os fatos.

– A partir de qualquer fato – estalou a criatura no gelo. – A inteligência pode construir uma imagem do...

Silêncio.

– Universo? – sugeriu ela.

– Sim. Do universo. Começo com um fato e raciocino a partir dele. Construo uma imagem do universo. Começo com outro fato. Raciocino a partir dele. Descubro que o universo que imagino é o mesmo que o primeiro. Eu sei que a imagem é verdadeira.

Ambos os ouvintes olharam com admiração para a criatura.

– Então me diga! – Ham engoliu em seco. – Se isso for verdade, poderíamos descobrir qualquer coisa com Oscar! Oscar, você pode nos contar segredos que não conhecemos?

– Não.

– Por que não?

– Você primeiro precisa me fornecer as palavras. Eu não posso te dizer aquilo para o qual você não tem palavras.

– É verdade! – sussurrou Pat. – Mas, Oscar, eu tenho as palavras tempo e espaço e energia e matéria e lei e causa. Diga-me qual é a lei suprema do universo?

– É a lei de...

Silêncio.

– Conservação de energia ou matéria? Gravitação?

– Não.

– De... de Deus?

– Não.

– Da vida?

– Não. A vida não tem importância.

– De... quê? Não consigo pensar em outra palavra.

– Talvez, por acaso – disse Ham tenso –, não exista uma palavra!

– Sim – estalou Oscar. – É a lei do acaso. Essas outras palavras são lados diferentes da lei do acaso.

– Meu bom Deus! – respirou Pat. – Oscar, você sabe o que quero dizer com estrelas, sóis, constelações, planetas, nebulosas e átomos, prótons e elétrons?

– Sim.

– Mas... como? Você já viu as estrelas que estão acima dessas nuvens eternas? Ou o Sol que está lá, além da barreira?

– Não. A razão é suficiente, porque só há uma maneira possível pela qual o universo poderia existir. Só o que é possível é real; o que não é real também não é possível.

– Isso... isso parece significar alguma coisa – murmurou Pat. – Não sei exatamente o quê. Mas Oscar, por que... por que você não usa seu conhecimento para se proteger de seus inimigos?

– Não há necessidade. Não há necessidade de fazer nada. Em cem anos estaremos...

Silêncio.

– Em segurança?

– Sim; não.

– Como assim?

Um pensamento horrível ocorreu a ela.

– Você quer dizer... extintos?

– Sim.

– Mas... ah, Oscar! Você não quer viver? Seu povo não quer sobreviver?

– Queremos – respondeu Oscar. – Querer, querer, querer. Essa palavra não significa nada.

– Significa, sim... significa desejo, necessidade.

– Desejo não significa nada. Necessidade, necessidade. Não. Meu povo não necessita sobreviver.

– Oh – disse Pat fracamente. – Então por que vocês se reproduzem?

Como se em resposta, uma cápsula explodindo lançou sua poeira pungente sobre eles.

– Porque devemos – disse Oscar. – Quando as sementes nos atingirem, precisamos.

– Entendo – murmurou Pat lentamente. – Ham, acho que entendi. Acho que entendi. Vamos voltar para a nave.

Sem se despedir, ela se virou e ele a seguiu pensativo. Uma estranha apatia o oprimia.

Eles tiveram um pequeno contratempo. Uma pedra arremessada por alguns *trioptes* perdidos protegidos atrás do cume quebrou a lâmpada esquerda no capacete de Pat. Parecia difícil que aquilo perturbasse a garota; ela olhou brevemente para o lado e seguiu em frente. Mas durante todo o caminho de volta, na penumbra à esquerda agora iluminada apenas pela lâmpada dele, vaias, gritos e risadas zombeteiras os perseguiram.

Dentro do foguete, Pat colocou com desânimo sua bolsa de espécimes sobre a mesa e sentou-se sem remover sua pesada roupa de caminhar do lado de fora. Ham também não tirou a roupa; apesar do calor opressivo dela, ele também se deixou cair apático em um assento no beliche.

– Estou cansada – disse ela –, mas não cansada demais para entender o que aquele mistério lá fora significa.

– Então vamos ouvir o que você tem a dizer.

– Ham – disse ela –, qual é a grande diferença entre a vida vegetal e a vida animal?

– Ora, as plantas obtêm seu sustento diretamente do solo e do ar. Os animais precisam de plantas ou de outros animais como alimento.

– Isso não é inteiramente verdade, Ham. Algumas plantas são parasitas e atacam outras formas de vida. Pense nas Terras Quentes, ou pense, até mesmo, em algumas plantas terrestres, os fungos, a planta carnívora, a *Dionaea* que captura moscas.

– Bom, os animais se movem, então, e as plantas não.

– Isso também não é verdade. Pense nos micróbios; eles são plantas, mas nadam em busca de comida.

– Então, qual é a diferença?

– Às vezes é difícil dizer – murmurou ela –, mas acho que entendi agora. É isto: os animais têm desejos e as plantas têm necessidades. Entendeu?

– Nada.

– Ouça, então. Uma planta, mesmo que se mova, age dessa maneira porque precisa, porque ela foi feita assim. Um animal age de outra maneira porque quer, ou porque é feito para querer.

– Qual é a diferença?

– Existe uma diferença. Um animal tem desejo; uma planta, não. Você vê agora? Oscar tem toda a inteligência magnífica de um deus, mas não tem a vontade de um verme. Ele tem reações, mas nenhum desejo. Quando o vento está quente, ele sai e se alimenta; quando está frio, ele rasteja de volta para a caverna derretido pelo calor de seu corpo, mas isso não é vontade, é apenas uma reação.

Ham ficou olhando, despertando de sua lassidão.

– Que os diabos me levem! – exclamou ele. – É por isso que ele, ou eles, nunca faz perguntas. É preciso desejo ou vontade para se fazer uma pergunta! E é por isso que eles não têm nenhuma civilização nem nunca terão!

– Por isso e por outros motivos – disse Pat. – Pense que Oscar não tem sexo e, apesar de seu orgulho ianque, o sexo tem sido um grande fator na construção da civilização. É a base da família, e entre o povo de Oscar não existe pai e filho. Ele se divide; cada metade dele é um adulto, provavelmente com todo o conhecimento e toda a memória do original.

– Não há necessidade de amor, não há lugar para ele, na verdade, e, portanto, nenhuma briga entre companheiro e família, e nenhuma razão para tornar a vida mais fácil do que ela já é, e nenhum motivo para usar sua inteligência para desenvolver arte, ou ciência, ou qualquer coisa!

Ela fez uma pausa.

– Você já ouviu falar da lei malthusiana, Ham?

– Não que eu me lembre.

– Bom, a lei de Malthus diz que a população segue em frente a partir do suprimento de comida. Aumente a quantidade de comida e a população aumenta em proporção. O homem evoluiu sob essa lei; por um século ou mais ela foi suspensa, mas nossa raça cresceu para ser humana sob tal lei.

– Suspensa! Parece como revogar a lei da gravitação ou emendar a lei dos quadrados inversos.

– Não, não – disse ela. – Ela foi suspensa pelo desenvolvimento da maquinaria nos séculos XIX e XX, que disparou o suprimento de alimentos tão longe que a população não o alcançou. Mas ela alcançará e a lei malthusiana reinará novamente.

– E o que isso tem a ver com Oscar?

– Isto, Ham: ele nunca evoluiu sob essa lei. Outros fatores mantiveram seus números abaixo do limite do suprimento de comida, e assim sua espécie se desenvolveu livre da necessidade de lutar por comida. Ele está tão perfeitamente adaptado ao seu ambiente que não precisa de mais nada. Para ele, uma civilização seria supérflua!

– Mas... e o *triops*?

– Sim, o *triops*. Veja, Ham, assim como argumentei dias atrás, o *triops* é um recém-chegado, empurrado da zona do crepúsculo. Quando aqueles demônios chegaram, o povo de Oscar já estava evoluído e eles não podiam mudar para atender às novas condições, ou não poderiam mudar com rapidez suficiente. Então, eles estão condenados.

– Como Oscar diz, eles estarão extintos em breve, è nem se importam.

Ela estremeceu.

– Tudo o que eles fazem, tudo o que podem fazer, é se sentar diante de suas cavernas e pensar. Provavelmente eles têm pensamentos divinos, mas não conseguem juntar nem o desejo de um rato. É assim que funciona a inteligência vegetal; é assim que ela tem que ser!

– Acho... acho que você tem razão – murmurou ele. – De certa forma, isso é horrível, não é?

– Sim.

Apesar de suas roupas pesadas, ela estremeceu.

- Sim, é horrível. Aquelas mentes vastas e magníficas, e não existe nenhuma maneira de eles trabalharem. É como um poderoso motor a gasolina com o eixo de transmissão quebrado, e não importa o quão bem ele funcione, ele não pode girar as rodas. Ham, sabe que nome vou dar a eles? Os *Lotophagi veneris*, os Devoradores de Lótus! Satisfeitos em se sentar e sonhar com a existência enquanto mentes inferiores, a nossa e a dos *trioptes*, lutam pelo planeta deles.

- É um bom nome, Pat.

Quando ela se levantou, ele perguntou surpreso:

- E os seus espécimes? Você não vai prepará-los?

- Ah, amanhã.

Ela se jogou com parca e tudo no beliche.

- Mas eles vão estragar! E a luz do seu capacete... eu preciso consertá-la.

- Amanhã - ela repetiu cansada, e seu próprio langor o impediu de continuar a discussão.

Quando o cheiro nauseabundo de podridão o acordou algumas horas depois, Pat estava dormindo, ainda vestindo a roupa pesada. Ele jogou a bolsa e os espécimes pela porta e depois tirou a parca do corpo dela. Ela mal se mexeu quando ele a colocou gentilmente em seu beliche.

Pat nunca sentiu falta da bolsa de espécimes e, de alguma forma, o dia seguinte, se é que alguém poderia chamar aquela noite interminável de dia, encontrou-os caminhando penosamente pelo planalto desolado com a lâmpada do capacete da garota ainda por consertar. Novamente à sua esquerda, o riso selvagem e zombeteiro dos habitantes da noite os seguiu, flutuando assustadoramente no Vento Inferior, e duas vezes pedras distantes lascaram o gelo brilhante dos pináculos vizinhos. Eles se arrastavam apática e silenciosamente, como se estivessem fascinados, mas suas mentes pareciam estranhamente claras.

Pat dirigiu-se ao primeiro Devorador de Lótus que viram.

– Estamos de volta, Oscar – disse ela com um leve renascimento de sua petulância habitual. – Como você passou a noite?

– Pensando – respondeu a coisa.

– O que você pensou?

– Eu pensei sobre...

A voz cessou.

Uma semente estourou e o odor pungente curiosamente agradável estava em suas narinas.

– Sobre... nós?

– Não.

– Sobre... o mundo?

– Não.

– Sobre... para que isso? – disse ela, cansada. – Poderíamos ficar falando assim para sempre e talvez nunca chegássemos à resposta certa.

– Se houver uma resposta certa – acrescentou Ham. – Como você sabe que existem palavras para dizer o que ele quer dizer? Como você sabe que é o tipo de pensamento que nossas mentes são capazes de conceber? Deve haver pensamentos que estão além do nosso alcance.

À esquerda, uma semente explodiu com um estalo surdo. Ham viu a poeira se mover como uma sombra em seus feixes quando o Vento Inferior a pegou, e ele viu Pat inspirar profundamente o ar pungente enquanto girava ao seu redor. Era estranho como o cheiro parecia agradável, especialmente porque era a mesma coisa que em concentração mais alta quase custou suas vidas. Ele se sentiu vagamente preocupado quando esse pensamento o atingiu, mas não conseguiu encontrar nenhum motivo para sua preocupação.

Ele percebeu de repente que os dois estavam em completo silêncio diante do Devorador de Lótus. Eles estavam ali para fazer perguntas, não é?

– Oscar – disse ele –, qual é o sentido da vida?

– Não tem sentido. Não há sentido algum.

– Então por que lutar por ela?

– Não lutamos por ela. A vida não é importante.

– E quando você se for, o mundo continuará do mesmo jeito? É isso?

– Quando morrermos, isso não fará diferença para ninguém, exceto para os *trioptes* que nos comem.

– Que comem vocês – ecoou Ham.

Havia algo naquele pensamento que penetrou na névoa de indiferença que cobria sua mente. Ele olhou para Pat, que estava passiva e em silêncio ao lado dele, e no brilho da lâmpada de seu capacete ele podia ver seus olhos cinza-claros por trás dos óculos de proteção, olhando diretamente para a frente no que aparentemente era abstração ou pensamento profundo. E além do cume soaram, de repente, os gritos e as gargalhadas selvagens dos moradores do escuro.

– Pat – disse ele.

Não houve resposta.

– Pat! – repetiu ele, levantando uma mão apática para o braço dela. – Nós temos que voltar.

À sua direita, uma semente estourou.

– Temos que voltar – insistiu ele.

Uma chuva repentina de pedras caiu, vindo do cume. Uma atingiu seu capacete, e a lanterna frontal explodiu com um barulho surdo. Outra atingiu seu braço com uma dor pungente, embora aquilo parecesse surpreendentemente sem importância.

– Temos que voltar – reiterou obstinadamente.

Pat finalmente falou sem se mexer.

– Para quê? – perguntou ela estupidamente.

Ele franziu a testa ao ouvir isso. Para quê? Para voltar para a zona do crepúsculo? Uma imagem de *Erotia* surgiu em sua mente, e então uma visão daquela lua de mel que eles planejaram na Terra, e então toda uma série de cenas terrestres – Nova Iorque, um campo rodeado de árvores, a fazenda ensolarada de sua infância. Mas todas pareciam muito distantes e irreais.

Um golpe violento que atingiu seu ombro o chamou de volta, e ele viu uma pedra presa no capacete de Pat. Apenas duas de suas lâmpadas brilhavam agora, a traseira e a da direita, e ele percebeu vagamente que em seu próprio capacete brilhavam apenas a traseira e a da esquerda. Figuras sombrias deslizavam e tagarelavam ao longo da crista do desfiladeiro, agora escurecido pela quebra das luzes, e pedras zuniam e respingavam ao redor deles.

Ele fez um esforço hercúleo e agarrou o braço dela.

– Precisamos voltar! – murmurou ele.

– Por quê? Por que precisamos?

– Porque seremos mortos se ficarmos aqui.

– Sim. Eu sei disso, mas...

Ele parou de ouvir o que ela dizia e puxou violentamente o braço de Pat. Ela se virou e cambaleou atrás dele enquanto ele se virava obstinadamente em direção ao foguete.

Pios estridentes soaram quando as lanternas traseiras varreram o cume e, enquanto ele arrastava a garota com lentidão infinita, os gritos se espalharam para a direita e para a esquerda. Ele sabia o que isso significava; os demônios os estavam circulando para chegar à frente deles, onde suas lâmpadas dianteiras quebradas não projetavam luz protetora.

Pat seguiu indiferente, sem fazer qualquer esforço próprio. Era simplesmente o puxão de seu braço que a impelia, e até mesmo mover o próprio corpo estava se tornando um esforço intolerável para

Ham. E lá, diante dele, estavam as sombras esvoaçantes que uivavam e gritavam, os demônios que queriam suas vidas.

Ham virou a cabeça para que a lanterna direita varresse a área. Gritos soaram quando eles encontraram abrigo nas sombras de picos e cumes, mas Ham, caminhando com a cabeça de lado, tropeçou e caiu.

Pat não se levantou quando ele a puxou.

– Não há necessidade disso – murmurou ela, mas não ofereceu resistência quando ele a ergueu.

Uma ideia lhe surgiu vagamente; ele a envolveu nos braços de modo que sua lâmpada direita projetasse o facho para a frente, e assim ele finalmente cambaleou até o círculo de luz ao redor do foguete, abriu a porta e jogou a mulher no chão lá dentro.

Ele teve uma última impressão. Viu as risonhas sombras que eram os *trioptes* saltando e deslizando pela escuridão em direção ao cume onde Oscar e seu povo esperavam em plácida aceitação de seu destino.

O foguete avançava a duzentos mil pés, porque inúmeras observações e fotografias do espaço mostraram que nem mesmo os vastos picos das Montanhas da Eternidade se projetam a quarenta milhas acima da superfície do planeta. Abaixo deles, as nuvens brilhavam brancas na frente e pretas atrás, pois estavam entrando na zona do crepúsculo. Naquela altura, podia-se até ver a poderosa curvatura do planeta.

– O branco e o preto – disse Ham, olhando para baixo. – De agora em diante, vamos ficar com a metade branca da bola.

– Foram os esporos – prosseguiu Pat, ignorando-o. – Sabíamos que eles eram narcóticos antes, mas não podíamos esperar que adivinhássemos que eles carregavam uma droga tão sutil como essa, para roubar a vontade de alguém e minar sua força. O povo de Oscar são os Devoradores de Lótus e os Lótus, todos em um.

Stanley G. Weinbaum

Mas eu... de alguma forma... sinto muito por eles. Daquelas mentes colossais, magníficas e inúteis deles! O que foi que tirou você daquilo?

— Ah, foi um comentário de Oscar, algo sobre ele ser apenas uma refeição para um *triops*.

— E?

— E, você sabia que nós acabamos com toda a nossa comida? Esse comentário dele me lembrou que eu não comia havia dois dias!

FIM

grupo novo século

Compartilhando propósitos e conectando pessoas
Visite nosso site e fique por dentro dos nossos lançamentos:
www.gruponovoseculo.com.br

geektopia

- facebook/novoseculoeditora
- @novoseculoeditora
- @NovoSeculo
- novo século editora

gruponovoseculo.com.br

Edição: 1ª
Fonte: Calluna